KB116873

불행 끝 행복 시작

당뇨 해방

안경상 지음

해피&북스

불행 끝 행복 시작

당뇨해방

초판1쇄 2019년 10월 1일
초판2쇄 2019년 10월 30일

지은이 안경상
펴낸이 채주희
펴낸곳 해피&북스

등록번호 제13-1562호(1985.10.29.)
등록된곳 서울시 마포구 신수동 448-6
전화 (02)323-4060,6401-7004
팩스 (02)323-6416
이메일 elman1985@hanmail.net
www.elman.kr
isbn 978-89-5515-664-5 03810

값 13,800 원

불행 끝 행복 시작

당뇨 해방

안경상 지음

해피&북스

이 책이 나오기 까지

두 번째 당뇨 책을 내면서

본 책이 건강의 희망등불이 되어 독자 여러분의 삶을 행복하게 만들어 드릴 수 있기까지는 해피&북스 이규종 사장님과 편집부 직원분들의 양서 출판을 위한 큰 뜻의 봉사하는 마음이 계셨기에 이루어졌습니다.

열악해져만 가는 출판계의 어려움, 독서 문화가 퇴색해가는 현실, 홍수 같이 쏟아지는 지상파 방송들의 짤막한 건강정보 등등으로 인한 경영의 어려움에도 우리 국민의 건강에 이바지하는 일이기에 손익을 떠나 국민건강을 위해 출판을 결정해 주셨기에 저의 20년 체험의 당뇨 건강 원고가 사장되지 않고 여러분의 건강 지킴이로 나서게 되었습니다.

해피&북스 이규종 사장님과 전 직원 분들께 진심으로 감사를 드립니다. 해피&북스가 한국 최고의 출판사가 되시고 큰 복을 얻도록 기원하겠습니다.

심휴정 내 수인당에서 저자 안경상 드림

나의 건강 관리의 실제 모범

2018년 8월 2일

기　상 - 05 : 30

혈당 체크 - 128

아침 식사 - 쌀밥, 오이 · 미역냉국, 깍두기, 돼지볶음, 풋고추, 된장
　　　　　　(07 : 00)

식　후 - 당뇨 · 심장약 복용(20년째 동일), 울금 1 티스푼, 믹스드
　　　　　쥬스 1컵(야쿠르트, 카카오닙스, 햄프시드, 쌀눈, 아로니
　　　　　아, 히비스커스, 스테비아)식초 복용 · 표고버섯 물 음
　　　　　용 (07 : 40)

혈당체크 - 250 (08 : 00)

혈당체크 - 170 (09 : 00)

수 영 장 - 해남 조오련 수영장(아내와 함께)

간　식 - 팥빙수(11 : 45)

점심 식사 - 비빔냉면, 만두(13 : 00)

식　후 - 식초, 표고버섯

간　식 - 아이스크림, 수박, 참외, 롤케익, 견과류

저녁 식사 - 라면, 계란, 만두 5개, 김치, 파김치(19 : 00)

식　후 - 식초, 표고버섯(17 : 20)

간　식 - 아이스바, 초콜렛, 떡, 강정

혈당 체크 - 137(21 : 00)

취　침 - 00 : 40

차 례

머리말

두 번째 당뇨 책을 내면서

- 당뇨 환자는 무엇이든 먹고 싶은 대로 먹으면서 건강한 생활을,
- 심혈관 질환자는 치료와 회복, 관리를,
- 각종 질병을 가진 사람들도 예방과 치료와 회복, 관리를,
- 건강한 사람, 모든 사람들은 "당뇨, 고혈압, 심혈관 질환"등의 예
  방과 건강 관리에 도움이 될 "건강 황금나무"를 드리고자 책상에
  앉았다.
- "건강 황금나무"를 모든 사람들에게 드리고자 하니 "건강 황금나
  무"를 잘 가꾸어 "건강 황금열매"를 수확하시길 바란다.

병원 현관을 나선 지 3년 후에 "나는 이렇게 당뇨를 관리한다"라는 당

뇨 관련 건강 서적을 냈다. 또 그해 SBS "잘 먹고 잘 사는 법"에 출연, 방영되기도 했다. 그리고 약 17년이 지난 지금 두 번째 당뇨 건강 책을 쓰고 있다. 20년 동안 내 몸을 상대로 한 실험의 성공적 내용을

    - 당뇨환자와
    - 심혈관질환자와
    - 각종 질병으로 건강에 고심하는 사람
    - 건강한 사람, 모든 사람들의 건강한 삶을 위해 이 책을 쓰고 있다.

  시중의 건강 서적과는 달리 내 몸을 상대로 한 실험으로 얻은 경험 및 지식, 상식, 결과를 종합 정리하였으며 딱딱하지 않고 어려운 용어와 수치에 치중하지 않고 각종 자료와 다양한 상식으로만 쓰지 않고 당뇨 환자인 자신의 몸으로 한 실험의 성공을 모든 사람들을 위해 바친다.
  당뇨, 고혈압, 심혈관 질환 등등은 "혈관과 혈액의 병"이라고 모든 사람들을 위해 자신 있게 말씀드린다.

비유컨대

    - 혈관을 수도관이라 생각하고
    - 혈액을 수돗물이라고 할 때

  수도관의 관리 부실로 관에 나쁜 물질이 협착되고, 녹이 슬고, 썩으면 수돗물의 흐름이 원활치 않게 되고, 산화와 부패가 심한 곳에서 관이 터지면 무서운 병이 되고 또한 혈액이 깨끗하여 수도꼭지에 수돗물이 콸

콸 잘 나오면 아무 문제가 없는데 이것 역시 시궁창 썩은 물처럼 되어 끈적끈적하다면, 흐름이 원활치 못해 문제를 일으키고 무서운 병이 된다. 이런 상황을 당뇨, 고혈압, 심혈관 질환이라고 하며, 이러한 것들이 사람 건강을 쥐락펴락 한다. 내가 내 몸에 대한 실험과, 20여 년의 건강 관리로부터 익힌 상식으로 모든 질병의 발병 원인 중

  - 약 90% 이상이 "혈관 및 혈액" 의 부실한 관리 때문이라고 생각한다.
    수도관이 튼튼하고 깨끗하여 수돗물 또한 깨끗하게 콸콸 잘 흐르면 무슨 문제가 있겠는가? 즉
  - 혈관이 깨끗하고 혈액이 깨끗하면
  - 당뇨, 고혈압, 심혈관질환 등 각종 성인병의 걱정에서 자유로울 수 있다.
  - 내가 이 책을 쓰는 내용의 핵심은
    모든 질병의 90% 이상이
    혈관과 혈액의 상태가 나쁜 탓이라는 것이며
  - 건강한 삶을 살려면
    혈관과 혈액을 깨끗이 하라
    거기에 당뇨, 고혈압, 심혈관 질환 등 각종 성인병의 원인이 있다.
    지구 2바퀴 반 길이의 혈관 속에서 약 1분여 만에 한 바퀴씩 도는 혈액이 언제, 어디서 혈관이 터질지 언제, 어디서 혈액이 뭉쳐 혈관을 막을지 아무도 모르는 일이다.

비유하자면

- 고속도로(혈관)가 푹 꺼지던지, 갈라지던지, 부서진다면 신나게 달리는 자동차는 어떻게 될까? 고속도로는 괜찮더라도 갑작스런 차량의 대형 연쇄 추돌 사고가 일어난다면 아수라장이 될 것이다.

- 삼락자 안경상의 글을 보고, 믿고, 실천하여
- 건강한 삶을 살라는 것이 나의 진실한 바람이다.

나는 이 책을 이 땅의 모든 이들에게 "육체적 건강"과 "정신적 건강"을 위해

- 딱딱하고 지루함을 피해
- 신명나게 읽을 수 있으며, 흥미롭게 배울 수 있게
- 정신적 · 육체적 건강을 위해
- 73년 삶에서 익히고, 터득하고, 경험한 아름다웠던 세월의 농익은 향기를, 시원한 바람이 스쳐가는 원두막에서 하는 이야기처럼 구수하게 엮어 나가고자 한다.
- 생명은 오직 단 한 번의 영광인 것
- 다시 오지 않는다는 것
- 단 한 번뿐인 존귀한 생명의
- 아름다운 삶을 위해

정신적으로 건강한 삶
육체적으로 건강한 삶을
쉼 없이 가꾸어

아름답고 향기로운 삶이 되시길 마음 다해 바란다.

2018년 11년 만에 가장 더운 여름에 정성을 다해
원고지에 한 자 한 자 쓰면서

심휴정 내 수인당에서
안 경 상

1. 죽음의 문턱에서

20년 전 구급차에 실려 대학병원에 가기 전 병원에서 A4 용지를 한 장 내밀면서 서명을 하라고 하였다. 내용인 즉 대학병원 가다 죽어도 병원에서는 책임이 없다는 내용이었다. 화창한 봄날 가슴이 찌릿하여 뭐 별거 아닐 것이라 생각하고 파스 한 장 사서 붙였다. 점차 고통이 심하여 다음날 무식하게 약국에서 산 파스로 가슴과 등에 도배를 했다. 점차 고통이 심해졌다.

가슴 안쪽에서는 빨래짜 듯 쥐어짜고, 송곳으로 찌르 듯 아파오고, 파스로 도배한 곳에서는 확확거리고, 따끔따끔 출싹대며 간족이는 아픔이었다. 안팎의 협공을 책상에 있는 각종 필기구들에게 사정을 한 탓에 어금니와 그 주변 이웃들을 다치게 하여 지금은 해남서 1시간 30분 거리인 광주 조선대의대 치과 병원에 다닌다. 내가 인복이 있어서인지 첫 담당인 미모의 김미경 전문의가 두 번의 병원 방문 때 자기보다 학식과 경륜, 실력이 월등한 교수님에게 나를 치료해 주시라며 소개해 주었다. 이 얼마나 인간미 있는 아름다움인가.

자기도 전문의인데 내 치아 상태를 걱정하여 미모의 손미경 진료부장님께 부탁을 드리다니, 세상은 이렇게 아름다운 사람들이 있어 살맛나는 것이다. 내가 몇 개월 다니면서 진료부장님의 부지런함, 성실함, 친절함과 정성을 다해 치료하며 환자를 대하는 상냥함과 열정을 보고 느낀 것은, 어느 직장이건 진료부장님과 같은 사람이 많아야 한다는 것이다. 그리고 내가 수많은 병원을 다녀 봤지만 이곳처럼 병원의 전 직원들이 친절하고 상냥한 곳은 없었다. 대한민국 모든 병원이 이러하면 얼마나 좋을까. 9월 말경에 치료받고 10월 10일에 진료받으러 가서 진료부장님께 "부장님 제가 닉네임 하나 지어드릴게, 작은 천사."라고 했더니 부장님이 활짝 웃으시며 "어떻게 아셨어요." 하셨다. "뭘 어떻게 알아. 평소 본대로 말한 것인데."라고 했더니 옆에 있던 전문의가 "우리 부장님께서 10월 1일부로 치과병원장님 되셨어요."한다.

깜짝 놀라 축하 악수를 하며 "병원장님 되셨으니 잔치하셔야지요, 잔치에는 떡이 있어야 하니 10월 29일 치료받으러 올 때 해남 모시떡 해 올게." 하고 모시떡을 사다 주었다. 왜 이런 이야기를 하는가 하면 언제 어디서건 각자 맡은 일에 정직, 성실, 열정을 가지고 최선을 다하면 복도 행운도 명예도 출세도 찾아온다는 것을 말하고 싶어서이다.

김미경 전문의도 가끔 반갑게 인사를 나눈다. 내가 조선대 치과 병원장님께 병원장님 되셨으니 내가 부탁하는 환자 분들은 이유 불문하고 특별히 치료를 해주셔야 한다고 웃음 섞어 부탁드렸다. 흔쾌히 답이 왔다. 인연이 되는 분은 누구든 나에게 말씀하셔도 좋다. 치과 치료만큼은 마음 든든한 원장님이 있으니까.

그리고 감사의 인사를 두 분께 드렸다. 두 번째 외손자를 본 기쁨으로 도너츠를 직원 분들 나누어 드시라고 조금 사갔다.

복구 공사로 치과에 다니면서 당뇨처럼 양반인 병이 어디 또 있을까 생각하면서 웃기도 한다. 두 번째 외손자 돌 잔치 때 한턱 쏘기로 마음 먹고 있다. 오인방 아우님들에게도 한턱 쏘아야겠다.

내가 본디 미련하고 상황 판단이 빠르지 못한 우둔함이 있어 아마 세계를 뒤져 파스를 가슴과 등에 도배한 얼간이는 지구 역사상 전무후무하지 않을까 싶다. 삼일째 되는 날 구급차에 실려 대학병원에 가는 길

내내 머릿속을 떠나지 않는 것이 A4 용지의 "가다가 죽어도 좋다"는 글이었다.

구급차가 내뱉는 사이렌 소리가 끝이 보이지 않는 암흑의 긴 터널 속으로 빨려 가는 듯, 나에게는 장송곡처럼 들렸다. 번쩍 눈을 떠 보니 의사와 간호사는 왼쪽에, 아내는 오른쪽에 앉아 있었다.

창백한 얼굴로 눈을 꼭 감고 간절히 기도하는 모습이 가슴을 때렸다. "죽음이 둘을 갈라놓을 때까지 사랑하겠느냐?"는 주례를 맡아주신 큰스님(지금은 열반하신 송광사 방장 큰스님이셨던 회광, 승찬 큰스님)의 말씀에 속으로 "저는 죽어서도 사랑할 겁니다, 큰스님"하고 다짐하면서 "예"하고 말씀을 드렸다. 그때가 어제 같은데, 오십이 넘은 지금도 변함이 없는데, 이대로 내가 죽을 수도 있다는 것이 아닌가.

다시 눈을 뜨고 아내를 보는 순간 밝은 생각이 전광석화처럼 머리를 스쳤다. "나도 아내처럼 기도를 드려야겠다."

한결 마음이 편안해졌다.

○ 저를 버리지 마시고 살게 하여 주십시오. 그리하여 소인의 평생 소원인
○ "병들고 불행하고 가난하여 의지할 곳 없는, 낮고 어두운 곳에 있는 사람들을 돕게 하여 주십시오." 하고 살아온 저에게 실천할 수 있는 시간을 주십시오. 하고 기도를 드렸다.

헤밍웨이의 '무기여 잘 있거라'에서 출산하다 과다출혈로 죽어가는 케서린 버클리가 남편 프레드릭 헨리에게

- "나는 죽음은 두렵지 않아. 하지만 죽기가 싫다"는 그녀처럼
- 나도 죽는 것은 두렵지 않은데

○ 이렇게 아름다운 세상
　○ 사랑하는 가족을 두고
　○ 내가 꼭 해야 할 일을 두고 죽기가 싫었다.

간절히 기도를 드렸다.

2. 我身我治 (아신아치)

　내가 내 몸 하나 바르게 다스리지 못해 노모와 아내, 아이들에게 마음 고생을 시켜서야 어찌 한 여인의 아들로, 한 여인의 남편으로, 아이들의 아버지로서 바른 삶을 산다고 말할 수 있을까. 먼 훗날 나 죽고 없을 때, "우리들을 위해 우리들에게 가슴 아픈 눈물을 흘리지 않게 당신의 건강을 잘 관리하셨어. 아버지는 우리들을 철저히 사랑하셨어"라고, 평생의 도반 아내와 아이들에게 열심히 삶을 살았다는 아름다운 기억을 남겨주고 싶었고, 내 평생의 소원을 위해 목숨을 살려주신 은혜를 갚아야 하겠기에 당뇨와 한판 승부를 마음먹고 시작하기로 했다.

　– 미국의 유명 대학 연구실에서 건강하면서 건강 관리를 잘 하지 않는 그룹과 당뇨 환자이면서도 건강 관리를 잘 하는 그룹 중에서 어느 그룹이 더 장수하는가를 연구ㆍ발표하였다. 당뇨가 있으면서도 건강관리를 잘 하는 그룹이 장수한다는 결과를 상기하면서…

3. 당뇨는 어떤 질병인가

심근경색 수술 후

 - "왜 이런 질병을 가지게 되었습니까? 자기도 모르게 당뇨를 20년간
   앓아 온 당뇨 합병증입니다."
 - "당뇨라니요? 탐진공 중시조 어른으로부터 지금까지 가문의 족보에
   "당"자라는 글자는 없습니다."
 - "가족력과 상관 없이 본인이 건강 관리를 잘못하면 당뇨뿐 아니라
   어떤 병이건 생기게 됩니다."

그 말에 나는 대답을 못하고 담당 의사의 방을 나왔다. 내가 건강 관
리를 잘못하여 병을 만들었다고 생각하니 가슴이 싸하였다.

불규칙한 식사, 불규칙한 수면, 탄수화물 · 고단백 · 고당분 · 고지
방 · 고칼로리의 음식을 좋아하고, 야식, 간식, 하루 3갑의 담배, 탄산
음료 · 과자 · 빵 · 빙과 · 케이크 · 초콜렛 · 라면 등을 즐기고, 잦은 외
식과 과식 및 폭식 등 이러한 식습관이 무서운 것인지 모르고 살았으니
담당 의사의 말에 고개를 들지 못한 것은 당연한 일이었다.

건강에 대하여 미련할 정도로 자만하고 특히 간식을 즐겼으니 어찌
몸이 망가지지 않겠는가. 겉으로는 멀쩡하게 보여 밥 잘 먹고, 과자 등
간식 잘 먹고, 잠 잘 자니 건강은 나하고는 단짝이라는 생각, 아니 생각
조차도 없이 몸을 마구 굴렸으니. 그렇게 살아온 결과가 당뇨 20년이라
니, 할 말이 없는 것이 당연한 것 아니겠는가.

그 이후 나는 각종 산야초, 약초, 건강 식물 등으로 내 몸을 실험을 하기로 했다. 다양한 음식 섭취와 그 작용, 건강에 미치는 영향, 당뇨관리에 유익함은 어떤지, 혈당 관리는 어떤지, 그리고 평소 건강관리에 크게 도움이 된다고 믿고 있는 식초와의 상승 효과 및 상승관계, 건강 증진에 얼마나 도움이 되는지, 표고버섯은 어떤지 등등을 내 몸을 상대로 지금까지 20년에 걸쳐 실험해 왔다. 20년의 보석 같은 자료들을 몇 개월에 걸쳐 모든 이들에게 드리고자 거르고 걸러 티끌 하나 없는 핵심만을 드리고자 한다. 늦어도 결혼기념일(11월 11일 11시)까지는 초고 작성을 해야겠다고 마음먹으면서.

그리고 여러분도 당뇨가 있는 분은 당뇨로부터 자유를, 고혈압 등 심혈관 질환자와 건강이 약한 분은 치료와 회복 및 관리를, 질환이 없는 모든 분은 성인병을 비롯해 혈관과 혈액으로부터 오는 모든 질병의 예방 및 건강을 누리시길 바란다.

지금부터 "핵심 보석"을 싸고 있는 금보자기를 하나하나씩 풀어드리고자 한다. 세상에 오직 하나뿐인 건강 보석나무를 가슴 깊이 심어 이 지구 여행을 마칠 때까지 황금의 건강 열매를 수확하시길 마음을 다해 기도드린다. 나는 단언컨대 당뇨를 무서워하지 않는다. 내가 그 해답을 드리고자 그에 대해 글을 쓰고 있지 않은가. 또한 내가 먹고 싶은 것을 마음껏 먹으면서 아주 건강하게 잘 살고 있지 않은가.

당뇨, 어디에도 완치란 말은 없다. 명확한 치료제도 없다. 발병 원인이 매우 다양하고 복잡해서 꼭 집어 치료약을 만들기가 쉽지 않아서일 것이다. 식습관을 바꾸고 혈당 수치에 신경을 써야 하고, 음식을 마음대로 못 먹고, 운동도 꾸준히 해야 하며, 관리하지 않으면 합병증으로 인한 발 절단, 실명, 투석 등의 공포가 상존한다. 영양사가 주는 식단표를 지킨다는 것이 실제로는 죽기보다 어렵고, 도대체 내가 전생에 무슨 죄를 지었기에 이런 꼴을 당하는가 하는 당뇨 환자들의 푸념들….

당뇨 환자들이여, 푸념으로 세월을 보낼 것이 아니라 일어나라. 우선 내 마음대로 먹고 싶은 것부터 먹고 보자. 나는 내 마음대로 먹으면서 내 삶을 사랑하며 산다. 그렇다고 내가 당뇨를 완치했다는 것이 아니다. 나는 당뇨를 멋진 친구로 삼아 내 마음대로 먹으면서 생활하고 있다는 말이다.

4. 내 몸을 대상으로 실험을

퇴원하고 약 1개월이 지나면서 어느 정도 건강이 회복되었다. 그때부터 내 몸을 대상으로 실험을 시작하였다.

첫째, 부처님께서 나를 살려주신 뜻이 내가 소원했던 일을 하라고 명을 이어주신 것이기에 그 은혜에 대한 보답으로 약속을 지켜야 함이고, 둘째, 노모와 아내와 아이들에게 나의 병으로 인해 조금이라도 마음 아프게 해서는 안 된다는 마음, 셋째, 지금까지 자유로운 영혼으로 살아왔던 삶을 그대로 이어가고 싶어서였다.

나는 동서고금의 의학 서적을 보면서 어떤 방법으로 내 몸을 대상으로 실험할까 하는 기준을 어렵게 만들었다.

당뇨를 치료하기 위해 음식을 어떻게 조화롭게 먹느냐, 먹은 음식이 얼마나 효과를 낼 수 있느냐는 것, 각종 독소와 공해 물질, 미세 먼지 등의 배출에 얼마나 작용하느냐, 그로 인해 혈액 및 혈관이 어떻게 잘 지켜지는가, 건강이 얼마나 양호해져 가는지에 대한 내 몸의 기준과 방법을 확립하고 실행에 들어갔다.

나는 당뇨인들이 고심하는 문제들에 대해 획일적인 통계나 수치적인 접근 방식 또한 병행하면서 내 몸을 대상으로 한 실험을 통한 실제적이고 현실에서 직접 경험하였으며, 다양한 먹거리들과 산야초 등의 섭취를 통해 발생하는 작용과 변화 등을 바탕으로 얻은 지식과 경험으로

○ 먹고 싶은 대로 먹으며
○ 당뇨 약에만 의존하지 않고

○ 식단 관리에 어려움 없이

○ 혈당 조절에 효과적이며

○ 공복감과 저혈당이 발생하지 않고

○ 면역력과 자생력 증진에 효과적이며

○ 소화 흡수에 장애 및 거부감이 없고

○ 육체적 건강 증진에 효과적이며

○ 그리하여 정신적 건강 증진에도 도움이 되고

○ 특히 일상에 자신감이 생겨 당뇨인의 건강 생활에 도움이 될 해답을 찾기 위해 각종 식재료 · 야채 · 산야초 등을 통해

○ 끝을 알 수 없으며 도중에 몸을 더 망치거나 잘못되면 죽을 수도 있는 힘들고 험난한 실험을 시작하였다.

내가 여기서 반복해 말하고 싶은 것은 건강한 사람이건 질병을 지닌 사람이건 모든 사람이 함께 공유할 수 있는, 그리하여 가슴에 따뜻한 사랑이 가득한 삶을 사는데 도움이 될, 70 인생의 삶에서 보고 듣고 읽고 부딪혀 보고 경험으로 얻어진 이야기를 함께 꾸려가고자 한다는 것이다. 몸의 건강도 중요하지만 마음의 건강도 아주 중요하며, 둘 모두의 중요함을 깊이 깨달을 수 있는 독서와 실천의 기회를 내가 쓰고 있는 당뇨 건강 책에서 드리고자 한다.

신체는 아주 건강한데 마음은 건강하지 못하면 삶이 기울고, 마음은 건강한데 신체의 건강이 나빠도 삶이 기운다. 청평저울처럼 어느 쪽에도 기울지 않는 마음과 몸의 균형 잡힌 건강을 가꾸는데 도움이 될 글을 쓰고자 한다. 약 20년의 내 몸을 대상으로 한 실험의 노력으로 당뇨 환자, 심혈관 질환자, 각종 질병이 있는 사람, 건강한 사람, 모두의 건

강에 태양이 될 보석을 찾아냈다.

그 보석의 장점은 앞서 말한 모두가 복용하여도 부작용이 없으며, 어떤 체질에 상관 없이 이롭고, 어떠한 보신재나 보약보다 몸에 좋으며, 면역력과 자생력을 증강시켜 모든 사람들의 건강에 유익한, 건강한 몸을 만들어 주는 물질을 찾아냈다.

전 인류의 보석이 될 보석, 뜻이 있는 곳에 길이 있었다. 그 보석의 경제적 장점은 첫째, 구입이 아주 간편하고, 둘째로는 가격이 저렴하며, 셋째로 복용이 간단하고, 넷째로 휴대 및 관리, 보관이 편리하며, 다섯 번째로 살림에 의욕이 많은 사람들은 직접 만들어 먹어도 좋다. 종류가 다양하여 선택의 폭이 넓고, 남녀노소 모두에게 이롭고, 70억 인구가 건강해지니 각 국가가 건강하게 되고, 국가마다 보건 복지 예산이 절약되고 국가는 양질의 노동생산력의 확보가 용이해지고, 대한민국은 의료 수가의 혜택으로 경제성장에 도움이 된다. 70억 인구 개개인은 건강을 찾아 좋고, 병원 가는 번거로움과 고생을 덜게 되고, 병원비가 절약되어 가계 살림이 불어나고, 가족 모두 건강하여 행복이 가득하고 단지 의사와 약사의 영업 손실 외에는 70억 인구에게 박수 받아 마땅하지 않겠나. 어떤 종목일지 몰라도 노벨상감이며 대한민국 최고 훈장감이다. 역사 이전이나 지금이나 한결같이 인간이 갈망하는 회춘과 불로장수와 건강한 삶에 대한 답이 이 책에 있다.

5. 산야초

나 자신이 당뇨와 심근경색, 이 두 친구와 평생을 함께 가야 하는 긴 여정에서 어떻게 하면 이 두 친구들과 가까운 사이로 신나게 어깨춤을 추며 갈까 고민하다, 병원에서 퇴원과 동시에 이 친구들과 함께 자생하는 약초와 식물을 통해 건강에 미치는 영향을 실험하기로 하고 약 20년의 세월을 그 일로 일관해 왔다.

많은 고문서와 문헌을 바탕으로 당뇨에 조금이라도 유익하다는 약초와 식물을 모두 발췌하여 내 몸을 대상으로 실험을 했다. 재료 구입을 위해 전국의 약령·약초시장을 두루 섭렵하였다. 내가 내 몸을 대상으로 실험용 당뇨 환자가 되었다. 내 몸을 대상으로 필요에 따라서는 감당하기 어려울 만큼 혹독한 실험도 해야 했다. 어떤 때는 열 손가락이 혈당 체크 하느라 너무 고통스러워 발가락도 동원했다. 처음 3년 동안은 하루에 혈당 체크를 평균 30~40회 하다보면 어떤 때는 나 혼자만 당뇨로부터 해방되어 건강 걱정 없이 먹고 싶은 대로 먹으면서 잘 먹고 잘 살면 됐지, 무슨 짓을 하고 있나 하는 푸념이 나올 때도 있었다.

그때마다 나는 나를 이렇게 달랬다. 나의 평생 소원과 은혜에 대한 보답과 내 가족 마음의 평화는 어찌하겠다는 것인가 하고 말이다. 나에게 있어 유일한 선택은 당뇨로부터 완전히 해방되어 내 소원과 은혜에 대한 보답과 내 가족의 마음에 평화를 주는 것이었다.

내가 과거 "당뇨 약 먹지 않고 먹고 싶은 대로 먹으면서 —나는 이렇게 당뇨를 관리한다— "는 책을 출판하여 전국 서점에서 판매한 적이 있었다. 산야초와 약초와 철저한 운동만으로 당뇨 약을 먹지 않고 체험한 사실을 바탕으로 쓴 책이다.

지금 이 글은 내가 20년의 세월 동안 내 몸을 대상으로 실험하여 얻은 결과를 바탕으로 산야초와 약초 30여 종을 소개하고자 한다.

내가 이 실험을 시작한 이유는

○ 내 스스로 당뇨 약에 의존하지 않고
○ 민간 요법으로 산야초들을 실험해 보고 싶었고
○ 많은 당뇨인들이 병원 약만으로는 혈당 조절과 건강 유지에 어려움이 있으며
○ 혈당 조절 보조재 또는 보조 건강식품에 의존하면서도 당뇨로부터 완전 해방되지 못하고
○ 식후 2시간이 지나면서 혈당이 오르고
○ 기본 체력 유지와 건강 유지가 점점 힘들어지고
○ 가끔 공복감을 느끼고
○ 무기력감과 피로를 느낀다는 데서

문제점을 발견하여, 어떻게 하면

○ 혈당 조절에 효율적이며
○ 식후 2시간이 지나도 혈당이 오르지 않고
○ 공복감을 느끼지 않으며
○ 피로감, 무기력감을 느끼지 않으면서

건강한 생활을 하는 데 도움이 될까? 그리고 무수히 많은 산야초의 민간 요법에 대한 이야기들을 내가 직접 내 몸을 대상으로 실험하여 당뇨인의 궁금증 해소와 개개인의 응용과 체험에 도움이 되는 자료를 만드는 것이었다. 여기서 기술하고자 하는 30여 가지 품목은 내가 실험한 것 중에 당뇨에 도움이 되는 것만을 선별한 것이다. 여기에 나오는 30여 가지 품목 중에서 자기 건강을 위해 가장 잘 맞는 것을 선택하여 활용해 보시길 바란다.

실험은

○ 혈당 조절의 강약
○ 혈당 조절의 지속성
○ 공복감, 피로감, 무기력감 해소
○ 건강에 미치는 영향

등에 초점을 맞춰 진행하였으며, 총평도 하였다.

이 실험은 본인을 대상으로 한 것이기에 모든 당뇨인에게 그 결과가 유의미한 것은 아니다. 다만 이 글의 내용을 참고하여 여러분에게 맞는 방법을 만들라는 것이다. 나의 실험이 여러분에게 좋은 자료가 되어 큰 수확을 거둘 수 있기를 진심으로 바란다. 당신이 누구든 이 지구 여행의 동행이기에 당신을 따뜻한 마음으로 사랑한다.

1) 조릿대

우리나라 전역의 산에서 자생하는 여러해살이 식물이다. 산죽이라고도 하는 이 나무는 키가 작고 줄기가 가늘어 키 작은 대나무라고 생각하면 될 것이다. 복조리를 만들 때 쓰이기도 하고, 마당의 빗자루로 만들어 쓰기도 하는 우리 생활과 친숙한 식물이다.

○ 효능 : 고혈압, 중풍, 토열 등
○ 채취 : 줄기와 잎이 붙어 있는 상태로 베어 그늘에서 말린다. 전국의 산에서 쉽게 볼 수 있어 사철 채취가 가능하다.
○ 복용 방법 : 차, 분말, 환 등

① 차로 음용
- 조릿대 잎 40~50g을 3~4L의 물에 센불에서 달이다 중불로 낮추어 약 20분 더 달인다. 이 물을 식후 2시간 동안 800mL 이상 마시면 혈당 및 건강 관리에 좋다. 맛이 순하여 먹기에 좋다.

② 분말로 복용
- 분말 3~5g을 매 식후 복용, 먹기에 편하다

③ 환으로 복용
- 분말에 소 또는 개의 쓸개를 넣어 환을 만든다.
- 환 5~7g을 매 식후 복용

○ 총평

 - 혈당 조절 작용이 아주 뛰어나다. 식후 2시간이 지나도 혈당이 오르지 않으며, 당뇨환자에 아주 좋은 식물이다.

○ 1999년 8월 13일

아침 기상 – 06 :00

혈당 체크 – 129

아침 운동 – 2시간(약수터), 약수 받아 옴

아침 식사 – 잡곡밥, 오이무침, 미역무침, 콩나물, 두부, 생선구이, 풋고추, 된장, 상추쌈(08 : 20)

식사량 – 많음

식후 운동 – 학교 운동장 10바퀴 중속 걷기

혈당체크 – 158(09 : 20) 124(10 : 20)

* 조릿대 삶은 물 상시 음용

간식 – 콩국수, 아이스바

점심 식사 – 함흥냉면, 왕만두(13: 30)

식후 운동 – 해운대 동백섬 산책

간식 – 냉커피, 냉콩국수

저녁 식사 – 국수(19 : 15)

식후 운동 – 초등학교 운동장 천천히 걷기

혈당 체크 – 127(21 : 20)

* 본 내용의 혈당체크는 일일이 기록하기엔 분량이 방대하여 평균 기록만을 표기한 것이다.

2) 인삼 및 홍삼은 잘 알려진 건강식품이므로 효용 및 복용방법은
  생략하기로 하겠다.

  자세한 설명이 필요 없는 식물이다. 신농본초경(神農本草經)에서도
인삼의 장점을 기술해 놓았다. 우리나라뿐만 아니라 중국, 일본 등지에
서도 생산하지만 국산인삼이 세계 최고의 품질을 인정받는다.

○ 총평
  – 혈당 조절이 뛰어나다.
  – 식후 혈당이 오르지 않는다.
  – 당뇨 환자에 아주 유익한 식물이다.
  – 가격이 비싼 것이 흠이다.

  인삼을 소개하다 보니 약 30년 전 있었던 우리 "인삼"과 얽힌 일화
가 기억이 난다.

○ 인삼 이야기

  40대 초반에 호주에 일이 있어 갔을 때의 일이다. 그때는 시드니 직
항이 없어 일본 나리타공항을 경유해 호주항공으로 갈아타고 갔을 때
이다. 시드니공항 출입국 관리소 직원이 나를 보고 3개월 비자로는 업
무와 관광을 다 못한다고 7개월 비자를 발급해 주었다. '이 아가씨 눈에
내가 돈을 좀 쓸 것 같아 보였나?'라고 중얼거리며 공항을 나왔다. 공항
화장실에서 평소 내가 즐겨 입던 삼베 저고리와 바지로 갈아 입고 밀짚

모자에 썬글라스를 착용하고 시드니에 여장을 풀었다.

무언가 모르게 우리보다 풍요롭고 행복함이 몸에 밴 여유로움에 조금 질투가 났다. 죄수들이 조상인 이 사람들은 어떤 복으로 국민소득 1만불의 선진국에서 살까? 우리는 국민소득 1만 불의 선진국이 먼 나라 이야기인가? 나리타공항에서 남는 시간에 이곳저곳 구경도 하고, 좋아하는 간식도 사 먹으며 쉬고 있는데, 지금은 명확히 기억나지 않지만 3~5명이 낡은 짐가방을 잔뜩 가지고 어딘가를 찾아서 갈팡질팡하고 있었다. 한국 사람이었다. 캐나다의 벌목장에 가는데 나리타공항에 가면 회사직원이 나와서 캐나다행 비행기를 태워준다며 김포공항에서 태워 보냈다는 것이다. 그들은 나타나지도 않은 직원을 찾고 있었던 것이다. 비행기 티켓을 보니 8분 정도 남아 그들과 함께 뛰었다. 가끔은 TV에서 영화를 볼 때 공항이나 기차역에서 추격 장면이 나올 때면 그때가 생각나면서 그 사람들은 지금 어디서 어떻게 살고 있을까 궁금할 때도 있다. 고맙다고 눈물 흘리던 그들이.

호주에서 서류가 필요하여 우리 대사관에 가니 필요한 서류가 없는 것은 물론 불친절하고 쌀쌀맞았다. 뒤도 돌아보지 않고 "열심히들 하시오"라고 한마디 남기고 나왔다. 그때는 그런 시절이었다. 오페라하우스가 보이는 만(灣)으로 된 바다 이쪽 관광 휴식 공원 다링하브상가 매니저를 만날 일이 있었다. 미모의 젊은 여성 매니저가 한국 인삼이 세계적인 건강식품임을 잘 알고 있었다. 아내에게 "인삼" 글자가 들어간 제품을 종류별로 부탁하여 분말, 캡슐, 비누, 인삼주 등등을 선물하였다. 너무 좋아 펄쩍펄쩍 뛰고는 악수를 나누는 데 그날 나는 오른손 뼈가 으스러지는 줄 알았다. 인삼 덕인지 나의 신사다움 때문인지는 알 수 없지만 어쨌든 어려운 일도 잘 해결되어서 아내한테 "긴급 재난 지원금"

4백만원을 더 지원받아 7개월을 놀다왔다. 내가 왜 이런 말을 하는가 하면 한국 인삼이 세계 최고의 건강 식품이기 때문이다.

○ 나도 이제는 말할 수 있다

호주의 캔버라에 놀러 갔을 때의 일이다. 국회의사당은 건물을 돔 형식으로 만들어 그 위에 천연잔디를 식재하여 자연과의 조화를 잘 이루고 있다. 잔디 돔 위에서 휴식하는 연인들, 가족들, 나와 같은 여행객 등등 많은 사람들이 있었다. 내가 초등학교 때 고분을 놀이터 삼아 놀던 추억도 있고 하여 사방을 둘러보며 구경하다 문득 어느 교민의 말이 가슴을 후벼 팠다. 우리나라 어느 대통령이 호주 방문 때 국회의사당에 들어가는 데 정식 출입문이 아닌 뒷문으로 입장을 시켰다는 것이다. 나는 애국자도 아니고 그 대통령을 좋아하지도 않았지만 내가 태어난 조국의 우리 동포가 타국에서 멸시나 무시를 당하는 것에는 분노하는 사람이다. 콜라와 쥬스를 잔뜩 사서는 배터지게 마신 후, 약 1시간 20분이 경과하여 국회의사당 돔 꼭대기에 올라갔다. 양발을 70~80도 가량 벌리고 앉아 삼베저고리와 밀짚모자로 아랫도리를 덮고 콜라와 쥬스를 시원하게 갈겼다. 그 후로 약 6개월간의 호주 여행은 구름을 타고 날아다니는 기분이었다.

- 4년산 건삼 24편을 사서 보리차 끓여마시듯 온 가족이 상용하면
- 기초 체력과 면역력이 높아져
- 첫째, 감기에 걸리지 않으며, 둘째, 피로가 빨리 회복되고, 셋째로 잔병치레를 하지 않는다.

아내는 우리 아이들을 키울 때 언제나 이렇게 인삼을 상용시켰다. 나는 인삼의 효능을 지금도 철저히 믿고 있다. 다만 날씨가 궂은 날에는 호주에서의 매니저와의 악수 후유증인지는 몰라도 오른손이 약간 묵직하다.

3) 칡

칡 역시 잘 알려진 식물로서, 우리나라 전역의 산에서 자생한다. 식용 및 약용으로 그 쓰임이 다양하며, 뿌리와 잎은 한방 및 민간 요법에서 널리 쓰이고 있다. 오래된 것이 좋으며 황토에서 자란 것을 제일로 친다.

○ 효능 : 해열, 발한, 진통, 지혈, 해독, 숙취, 구토, 중풍, 당뇨, 진정, 감기, 편도선염 등

○ 알코올 중독, 숙취 해소, 갈증에 좋다.
○ 강장 효과가 있다.

○ 넝쿨을 차처럼 달여 상복하면 위궤양, 만성위염에 좋으며, 해열에도 좋다.

○ 복용 방법
　① 차로 음용하는 방법
　건조한 칡뿌리 20~70g을 4L의 물에 센불에서 달이다 끓으면 약

한 불로 20~30분 정도 더 달인다. 차처럼 마시면 좋다.

② 즙으로 음용하는 방법

③ 분말로 복용하는 방법

○ 총평

    – 혈당 조절에 좋다.

    – 식후 혈당이 크게 오르지 않는다.

4) 황기

민간에서 건강 약재로 많이 이용하는 생활과 가까운 여러해살이 식물이다.

○ 효능 : 이뇨, 강장, 당뇨

○ 복용 방법

   ① 차로 음용하는 방법

    황기 20g을 3L의 물에 센 불에서 달이다 끓으면 중불로 30분 정도 더 달인다. 식을 때까지 건져내지 말고 그대로 둔다.

   ② 약재

   ③ 분말로 복용하는 방법

    4~5g을 1회 복용량으로 한다.

   ④ 환으로 복용하는 방법

○ 맛 : 단맛이 나고 순하며 향이 있어 먹기에 좋다.

○ 총평
   - 혈당 조절 기능이 탁월하다.
   - 식후 혈당이 크게 오르지 않는다.

○ 가정에서 닭, 오리 등으로 보신재를 만들 때 다른 보신재와 함께 황기를 넣어 먹으면 원기 회복에 크게 도움이 된다. 그리고 옻나무도 함께 하면 더욱 좋다. 옻은 참옻이 좋다.

○ 식초와의 작용
   - 혈당 조절 작용이 아주 좋다. 혈당이 오르지 않고 피로감이 줄어든다.

○ 표고버섯과의 작용
   - 혈당 조절 작용이 아주 좋다. 식후 혈당이 오르지 않고 식욕이 증진된다.

5) 옥수수수염

○ 효능
   - 혈압 강하, 당뇨, 신장 질환 등
   - 달여서 상복하면 당뇨에 효과
   - 옥수수 죽을 해서 먹으면 신장에 좋다.

○ 복용 방법

① 차로 음용

– 잘 손질한 옥수수염 20g을 2~3L의 물에 센 불에서 달이다 끓으면 약한 불로 낮추어 5분 더 달인다. 이 물을 차처럼 마시면 좋다.

② 분말로 복용

③ 환으로 복용

○ 총평

– 혈당 조절에 좋으며, 식후에도 혈당이 크게 오르지 않는다.

○ 식초와의 작용

– 혈당 상승 억제 작용이 탁월

6) 오미자

달고, 시고, 쓰고, 맵고, 짠맛이 난다고 하여 오미자이다. 우리에게 아주 친숙한 나무로 황백색의 꽃이 6~7월경에 피고, 8~9월경에 열매를 맺는다. 재배 농가가 많은 편이며 약초상에서 쉽게 구할 수 있다.

○ 효능

– 진해, 정력 강화, 자양 강장, 당뇨 등

– 상복하면 자양 강장과 정력 강화에 좋다.

– 눈을 밝게 한다.

- 오미자 분말은 정력 강화에 좋다.
- 달여서 상복하면 당뇨에 효과적이다.

○ 복용 방법
  ① 차로 음용
    - 오미자 20~30g을 2.5~3L의 물에 달이다 끓으면 불을 끄고 약 20분 둔다. 이 물을 차처럼 마시면 좋다.
  ② 분말로 복용
    - 잘 손질하여 건조한다. 분말 3~5g(1티스푼)을 1회 복용량으로 한다.
  ③ 환으로 복용
    - 잘 건조한 분말에 소 또는 개의 쓸개를 넣어 환을 만든다.
    - 환 6~8g을 1회 복용량으로 한다.

○ 총평
  - 혈당 조절 작용이 크게 높지는 않다. 전체적으로 건강식품이다.

7) 오가피

전국 각지에 분포하고 있으며, 우리에게 예로부터 가까운 나무이다. 오가피로 담근 술은 약술로 예로부터 명성을 지키고 있다. 8~9월에 꽃이 피고, 10월경에 열매를 맺는다. 어린 나뭇잎은 나물로도 먹는다.

○ 효능

  – 강장, 이수, 진통, 신경통, 각기, 당뇨 등

  – 풍에 좋다.

  – 위염, 위암 및 자궁암에도 좋다.

○ 복용 방법

  ① 차로 음용

  – 오가피 잎 30g을 4L의 물에 달이다 끓으면 약한 불로 약

  3~5분 더 달인다. 이 물을 차처럼 마시면 좋다.

  ② 분말로 복용

  ③ 환으로 복용

○ 총평

  – 혈당 조절 작용이 탁월하며, 식후에도 혈당이 오르지 않는

  다.

○ 식초와의 작용

  – 혈당조절 작용이 강하며, 식후 혈당이 오르지 않는다.

○ 표고버섯과의 작용

  – 혈당 조절 작용의 보완관계가 좋음

  – 식후 혈당이 오르지 않는다.

8) 영지버섯

전국 각지에 고루 자생하며 농가에서도 널리 재배하여 약재상에서 쉽게 구할 수 있다.

○ 효능 : 혈압 강하, 간 보호, 항균 작용, 강심, 이뇨, 당뇨, 항암 작용 등

○ 총평 : 혈당 조절 작용이 탁월하며, 식후에도 혈당이 오르지 않는다.

○ 식초와의 작용
　－ 혈당 상승 억제 효과가 탁월하나, 경제적으로 부담이 된다.

○ 표고버섯과의 작용
　－ 혈당 조절 작용의 보완 관계가 좋음

9) 솔잎

송목, 흑송, 청송 등 이름이 다양하고 우리나라에서 널리 볼 수 있다. 재질이 견고하고 기름이 풍부하여 건축 및 선박 등의 주재료로 쓰이고 연료로도 많이 사용되었다.
○ 효능
　－ 발모, 진정, 당뇨, 심장, 치통, 진통, 백절풍, 천식, 해독, 폐결

핵, 불면증, 늑막염, 진해, 강장, 건위 등

– 적송의 송진을 달여 차로 마시면 강장에 좋다.

– 솔잎은 위장을 튼튼하게 하는 효과가 있다.

○ 맛

– 차는 떫고, 시고, 쓴맛이 느껴지며 송진 냄새가 난다.

– 분말은 먹기에 쉬운 편이 아니며, 솔향이 짙다.

○ 총평

– 혈당 조절 작용이 강하다.

– 식후에도 혈당이 오르지 않는다.

○ 식초와의 작용

– 혈당 상승 억제 작용이 탁월

– 자체 효능만으로도 혈장조절 작용이 강하다.

○ 표고버섯과의 작용

– 식초와의 작용과 동일

10) 산다래나무

영, 영조, 공양도, 귀도, 참다래 등 많은 이름으로 불리는 넝쿨식물이다. 우리나라 전역의 산에서 쉽게 볼 수 있으며 5~6월경 흰 꽃이 피고 10월경에 열매를 맺는다. 열매, 줄기, 뿌리 등을 다 약재로 쓴다.

○ 효능

 - 진통, 풍습, 강장, 신장 등

 - 넝쿨을 달여 마시면 신장에 좋다.

○ 복용 방법

 ① 차로 음용

 - 산다래나무 넝쿨과 잎 60g을 3~4L의 물에 중불로 30분 달인
   다. 이 물을 차처럼 마시면 좋다.

 ② 분말로 복용

○ 맛 : 차(액)는 맛이 순하고 단맛에 가까우며 향이 특이하다.

○ 총평

 - 혈당 조절 작용이 강하다.

 - 식후에도 혈당이 오르지 않는다.

○ 식초와의 작용

 - 혈당 상승 억제 작용이 탁월

 - 식후 공복감이 일어나지 않는다.

○ 표고버섯과의 작용

 - 혈당 조절에 상호 보완 작용을 한다.

11) 산국화

야국, 개국, 들국화 등의 다양한 이름으로 불리며 이 식물은 전국에 자생한다. 가을이면 예쁜 꽃이 피는 여러해살이 식물이며 향기도 좋다. 식물 전체를 약용으로 쓴다.

> 황혼 짙은 강둑에서
> 수줍은 연인의 손에
> 살포시 건네주는
> 조용히 날리는 금빛 머릿결 속에
> 예쁘게 장식되는
> 낭만과 사랑의 꽃이었다.

O 효능 : 두통, 감기, 몸살 등

O 복용방법
　① 차로 음용
　－ 산국화 30g을 3L의 물에 중불로 달이다 김이 나기 시작하면 불을 끈다. 이 물을 차처럼 마시면 좋다.
　② 분말로 복용
　③ 환으로 복용

O 맛 : 차(액)는 진하게 달이면 향이 너무 강하다. 맛이 역한 편이다.

○ 총평

    – 혈당 조절 작용이 강하다.

    – 식후에도 혈당이 오르지 않는다.

    – 음용하기 힘든 맛이다.

○ 식초와의 작용

    – 상호 작용이 좋다

○ 표고버섯과의 작용

    – 혈당조절에 상호보완 작용을 한다.

12) 뽕나무

전국에 자생하며, 잎, 가지, 열매를 모두 약용으로 쓴다. 잎, 가지, 열매로 각각 실험하였다.

○ 효능

    – 폐렴, 경풍, 폐결핵, 충독, 중풍, 진해, 고혈압, 신경통, 발한, 곽란, 당뇨 등

    – 달여서 상복하면 고혈압에 좋다.

    – 소화를 돕고 이뇨 작용이 탁월하다.

    – 두통에 좋다.

(1) 잎(상엽)

여름에 나는 두 번째 잎이 좋다. 서리 맞은 것을 채집하여 햇볕에 말려서 사용한다.

○ 복용 방법
 ① 차로 음용
  – 뽕잎 25g을 3~3.5L의 물에 센 불에 달이다 끓으면 불을 끈다. 이 물을 차처럼 마시면 당뇨에 좋다.
 ② 분말로 복용
  – 분말 6g을 1회 복용량으로 한다.
 ③ 환으로 복용

○ 맛 : 차는 단맛이 나고 옅은 향이 있어 먹기에 편하다. 분말은 물과 섞이면 부풀어 오르는 성질이 있어 신경을 써야 한다. 먹기에 아주 까다롭다. 분말보다 환으로 먹는 것이 편하다.

○ 총평
  – 혈당 조절에 매우 큰 작용을 한다.
  – 상복하면 당뇨에 좋다.
  – 식후 시간이 지나도 혈당이 오르지 않는다.

○ 식초와의 작용
  – 상호 작용이 좋아 당뇨에 큰 도움이 되며, 식초와 함께 복용

하면 건강을 회복하는 데 매우 좋다.

O 표고버섯과의 작용
　- 식초와의 조합처럼 당뇨에 매우 좋다.

(2) 가지 (상지)

가지의 채집은 낙엽이 진 뒤 봄에 새순이 돋기 전에 한다.

O 효능
　- 가지를 달여 상복하면 소화에 좋다.
　- 달인 물은 차처럼 마시면 비만 개선에 효과가 있다.
　- 두통에 좋으며, 달여서 상복하면 당뇨에 좋다.

O 복용 방법
　① 차로 음용
　　- 상지 50g을 3~4L의 물에 센 불에 달이다 끓으면 불을 낮추
　　고 25~30분 더 달인다. 이 물을 차처럼 상복하면 좋다.
　② 분말로 복용
　③ 환으로 복용

O 맛 : 차는 단맛이 나면서 순하여 먹기에 좋다. 분말은 구수한 맛
　이 나면서 순하다.

○ 총평

    – 혈당조절에 큰 작용을 한다.

    – 식후 2시간이 지나면서 혈당 수치가 현저히 떨어진다.

○ 식초와의 작용

    – 혈당 조절 작용이 강하고 지속적이며 식초와의 궁합이 매우 좋다.

○ 표고버섯과의 작용

    – 식초와의 조합처럼 당뇨에 매우 좋다.

(3) 열매 (오디―상실(桑實))

여름에 따서 햇볕에 말려 보관한다.

○ 효능

    – 보혈, 보신에 좋다.

    – 간을 이롭게 한다.

    – 콩팥을 보호한다.

    – 달여서 장복하면 눈이 밝아진다.

    – 달여서 차처럼 상복하면 당뇨에 좋다.

○ 복용 방법

① 차로 음용

    – 상실 25g을 3L의 물에 중불로 달이다 끓으면 끈다. 이 물을

차처럼 상복하면 좋다.

② 분말로 복용

　- 분말 5~6g을 1회 복용량으로 한다.

③ 환으로 복용

○ 맛 : 차는 단맛이 나면서 순하여 먹기에 좋다.

○ 총평

　- 뽕나무는 잎, 가지, 열매 모두 당뇨에 좋다.

○ 식초와의 작용

　- 혈당 조절 작용이 강하고 시간이 지나도 혈당이 오르지 않는다.

○ 표고버섯과의 작용

　- 식초와의 조합처럼 당뇨에 매우 좋다.

13) 마

산약, 산우, 산약두, 아초, 토저 등의 이름으로 지방마다 달리 불리며, 전국에 자생하는 넝쿨 식물이다. 흰색의 꽃이 6~7월경에 피고, 10월경에 씨가 여문다. 최근에는 농가에서 많이 재배하여 구하기 쉽다.

○ 효능

- 자양 강장, 당뇨, 이뇨, 요통, 건위, 동상, 화상, 양모, 갑상선
  염, 신장염 등
- 숙취에 생즙이 좋다.
- 오장을 튼튼하게 한다.
- 근육과 뼈를 강하게 한다.

○ 복용 방법
 ① 차로 음용
 ② 분말로 복용
 ③ 환으로 복용
○ 맛 : 차는 순하고 단맛이 나서 먹기에 좋으며, 분말은 아주 연하고
  달여 먹기에도 좋다.
○ 총평
  - 혈당조절에는 좋은 편이 아니지만, 체력 증진과 유지에 좋은
    건강식품이다.

○ 식초와의 작용
  - 혈당 조절 작용이 좋은 편은 아니나 식초와 복용하면 체력증
    진에 좋다.

○ 표고버섯과의 작용
  - 식초와의 조합처럼 체력 증진에 큰 역할을 한다.

14) 두충(껍질, 잎)

전국 농가에서 재배하는 약용 식물로, 4월경에 꽃이 핀다. 이 식물은, 껍질은 건조한 것을 쓰기도 하고, 잎을 쓰기도 한다. 특히 잎은 차로 더 많이 애용된다. 두충은 잎과 껍질로 각각 실험을 했다.

○ 효능
  - 혈압 강하 작용이 있다.
  - 간을 이롭게 하며, 콩팥에 좋다.
  - 강장 및 강정에 도움이 된다.
  - 눈을 밝게 한다.
  - 열을 내리게 한다.

○ 채취
  - 여름에 성장이 왕성할 때 나무껍질을 벗겨 햇볕에서 말린다.
  - 잎은 초가을에 채취하여 그늘에서 말린다.

(1) 껍질

○ 복용 방법
① 차로 음용
  - 깨끗이 손질한 껍질 20g을 2~2.5L의 물에 센 불로 달이다 끓으면 중불로 30분 더 달인다. 이 물을 차처럼 상복하면 좋다.
② 분말로 복용

- 분말 3~5g을 1회 복용량으로 한다.

③ 환으로 복용

- 분말에 소 또는 개의 쓸개를 넣고 환을 만든다.

○ 맛 : 차와 분말 모두 먹기에 나쁘지 않은 편이다.

○ 총평

- 혈당 조절에 큰 효과가 있으며, 식후 시간이 지나도 혈당이 오
르지 않는다.

○ 식초와의 작용

- 식초와의 궁합이 좋으며 혈당조절 작용이 강하다.

○ 표고버섯과의 작용

- 혈당조절 능력이 상승되며, 시간이 지나도 혈당이 오르지 않
는다.

(2) 잎

○ 복용 방법

① 차로 음용

- 두충잎 20g을 2L의 물에 중불로 달이다 약 80~90도 정도에
서 불을 끄고 약 3분 후에 건져낸다. 이 물을 차처럼 상복하면
좋다.

② 분말로 복용

　- 분말 3~5g을 1회 복용량으로 한다.

③ 환으로 복용

　- 환 7g을 복용한다.

○ 맛 : 차와 분말 모두 먹기에 나쁘지 않은 편이다.

○ 총평

　- 혈당 조절에 큰 효과가 있으며, 식후 시간이 지나도 혈당이 오
　르지 않는다.

〈체험보기〉

〈체험1〉 2000년 8월 16일 - 두액 900mL

아침 기상 - 05 : 28

혈당 체크 - 131

아침 식사 - 잡곡밥, 소고기국, 생선구이, 계란후라이, 물김치
(06 : 45)

식후 - 두충나무껍질 분말 1티스푼

혈당 체크 - 99(08 : 45)

〈체험2〉 2001년 4월 7일

아침 기상 - 05 : 55

혈당 체크 - 123

아침 식사 - 두충잎차 음용, 잡곡밥, 돼지고기 수육, 된장찌개,

채소쌈(06 : 45)

식후 – 두충나무잎 분말 1티스푼

혈당 체크 – 118(09 : 45)

○ 총평

　　– 혈당 조절에 큰 효과가 있으며, 식후 시간이 지나도 혈당이
오르지 않는다.

15) 두릅

　전국 각지에 자생하는 여러해살이 식물로, 봄에 나는 새순은 영양의
보고로 고급 요리의 재료로 쓰여 왔다. 최근에는 재배 농가가 많아 사철
생산된다. 두릅에서 약용으로 쓰이는 부분은 뿌리와 나무의 껍질, 가시
등이며, 봄에 나는 새순을 이용하기도 한다.

○ 효능

　　– 해열, 거담, 위암, 당뇨 등

　　– 뿌리 또는 나무의 껍질을 하루 15~25g 정도 달여 식후에 마
시면 당뇨, 위장, 신경통, 건위 등에 효과적이며, 가시는 고혈
압에 좋다.

○ 채취

　　– 초봄이나 늦가을에 채취하여 잘 건조하여 보관한다.

○ 복용 방법

① 차로 음용

    - 나무나 뿌리의 껍질 20~30g을 3~3.5L의 물에 센불로 달이다 끓으면 중불로 40분 더 달인다. 이 물을 차처럼 상복한다.

② 분말로 복용

    - 깨끗하게 손질하여 분말을 만들고, 분말 5g을 1회 복용량으로 한다.

③ 환으로 복용

    - 분말에 소 또는 개의 쓸개를 넣고 환을 만든다. 5~7g을 1회 복용량으로 한다.

○ 맛 : 차와 분말 모두 먹기에 나쁘지 않은 편이다.

○ 총평

    - 혈당 조절에 큰 효과가 있으며, 식후 시간이 지나도 혈당이 오르지 않는다. 또한 가격도 저렴하며, 구입도 용이하다.

○ 식초와의 작용

    - 식초와의 궁합이 좋으며 혈당조절 작용이 강하다. 또한 건강 증진에도 효과적이다.

○ 표고버섯과의 작용

    - 식초와의 작용과 대동소이하다.

16) 구기자

구기자는 잎에서부터 뿌리까지 한방 및 민간 요법에서 두루 쓰이는 약 재이다. 우리나라 각지에서 자라며, 최근에는 재배 농가가 많다. 구기자는 잎, 뿌리, 열매를 각각 실험하였다.

(1) 잎

○ 효능
  - 소염, 강장, 당뇨, 간장, 신장, 두통 등
  - 차로 상복하면 위장에 좋다.

○ 채취 : 초가을에 따서 말린다.

○ 복용 방법
 ① 차로 음용
  - 구기자잎 40g을 3~3.5L의 물에 센 불에 달이다 끓으면 불을 끄고 약 10분간 둔다. 이 물을 차처럼 수시로 마신다.
 ② 분말로 복용
  - 분말 4g을 1회 복용량으로 한다.
 ③ 환으로 복용
  - 환 5~6g을 1회 복용량으로 한다.
 ○ 맛 : 차와 분말 모두 먹기에 편하다.

(2) 가지(지골피)

○ 효능

－ 해열, 기침, 두통, 당뇨 등

－ 혈당 강하 작용이 있다.

○ 채취 : 초봄 순이 나기 전 또는 가을이 좋다.

○ 복용 방법

① 차로 음용

－ 깨끗이 손질한 지골피 20g을 3L의 물에 센 불에 달이다 끓으면 약불로 30~40분 더 달인다. 이 물을 차처럼 상복하면 혈당 조절에 효과가 있다.

② 분말로 복용

－ 분말 5~6g을 1회 복용량으로 한다.

③ 환으로 복용

○ 맛 : 단맛에 가깝고 순하여 먹기에 좋다.

(3) 열매

○ 효능

－ 강장, 건위, 당뇨, 폐결핵 등

○ 채취 : 서리를 맞은 후 채취하는 것이 좋다.

○ 복용 방법

① 차로 음용
  - 흐르는 물에 여러 번 헹군다. 농약의 잔류가 많으므로 깨끗이 씻는다.
  - 깨끗이 손질한 구기자 15g을 3L의 물에 센 불로 달이다 끓으면 약불로 5분 더 달인다. 이 물을 차처럼 마시면 좋다.
② 분말로 복용
  - 건조하여 분말로 만들고, 4g을 1회 복용량으로 한다.
③ 환으로 복용
  - 분말에 소 또는 개의 쓸개를 넣어 환을 만든다.
  - 환 5~6g을 1회 복용량으로 한다.

○ 맛 : 차(액)는 단맛에 뒷맛이 약간 쓰며, 분말은 단맛에 쓰고 신맛이 남는다. 먹기에 나쁘지 않다.

○ 총평
  - 구기자는 잎, 뿌리, 열매 모두 당뇨에 혈당 조절에 효과적이다.
  - 식후 2시간이 지나도 혈당 상승 억제작용이 강하다.

○ 식초와의 작용
  - 식초와의 조합이 좋으며, 혈당 상승 억제 작용이 강하고 시간이 지나도 혈당의 변화가 없다.
○ 표고버섯과의 작용
  - 식초와의 조합처럼 당뇨에 매우 좋다.

17) 감나무

감나무는 우리나라 전국 어디서나 볼 수 있는 과실수이다. 그 열매의 모양과 맛이 생산되는 지방에 따라 다르며, 이름 또한 다양하게 불리고 있다. 곶감으로 만들어 일년 내내 먹기도 하고, 근래에는 가공 기술의 발달로 일년 내내 홍시며 반건조한 감 등을 먹을 수 있다. 황백색의 꽃이 5~6월경 피며, 감꽃도 과거에는 식용으로 쓰였다. 9~10월경 열매를 맺는다. 어릴 적 초등학교 다닐 때, 감꽃을 주워 큰 목걸이를 만들어 이웃 여학생에게 걸어주곤 했던 추억의 꽃이다. 비타민 C 및 각종 영양소가 풍부하다. 특히 감잎 차는 건강 차로 각광받고 있다.

○ 효능
  - 야뇨, 딸꾹질, 토혈, 지사, 동상, 중풍, 주독, 고혈압 등

○ 채취 : 잎이 무성한 6~8월에 감잎을 따서 그늘에서 말려 보관한다.

○ 맛 : 차는 단맛과 쓴맛이 있다. 특유의 향이 있어도 음용하는데 지장은 없다. 분말은 맛이 순한 편이나 먹기에 좋지는 않다.

○ 총평
  - 혈당 조절 작용이 있으며, 식후에 시간이 지나도 혈당이 상승하지 않는다.
○ 식초와의 작용

－ 식초와의 조합이 좋은 편이며, 혈당 상승 억제 작용도 있다.

　○ 표고버섯과의 작용
　　－ 궁합이 좋은 편이며, 혈당 조절 능력도 있다.

18) 주목

　적백, 저목 등 많은 이름이 있으며, 고산지대에 사는 몸체가 큰 나무이다. 가지와 잎도 약재로 쓰이며 용도가 다양하다. 분재용 또는 관상용으로도 널리 쓰이며, 고급 가구를 만들 때도 쓴다. 잎, 열매, 나무껍질이 한방과 민간 요법으로 널리 쓰인다.

　○ 효능
　　－ 당뇨, 혈압강하 등

　○ 채취 : 가지는 사철 채취할 수 있으나 가을에 채취하는 것이 좋다.
　　약재시장에서 구할 수 있으나 가격이 비싼 편이다.

　○ 복용 방법
　① 차로 음용
　　－ 주목껍질 20g을 2.5~3L의 물에 센 불로 달이다 끓으면 중불로 30분 더 달인다. 색이 고우며 이 물을 차처럼 마시면 당뇨에 좋다.
　② 분말로 복용

    - 3~5g을 1회 복용량으로 한다.
  ③ 환으로 복용

○ 맛 : 차(액)는 단맛에 가까우며 특이한 향이 난다. 분말은 순하고 먹기에 좋다.

○ 총평
    - 혈당 조절 작용이 아주 강하다.
    - 식후 2시간이 지나도 혈당이 오르지 않는다.
    - 가격이 비싼 것이 흠이다.

○ 식초와의 작용
    - 식초와의 조합이 매우 좋다.

○ 표고버섯과의 작용
    - 식초와의 조합처럼 당뇨에 매우 좋다.

19) 개구리밥(부평초)

우리나라 및 만주의 냇가, 연못, 웅덩이의 수면에서 산다. 전국 어디서나 볼 수 있으며 한방과 민간 요법에 널리 쓰인다.

○ 효능
    - 이뇨, 당뇨, 강장, 중풍, 피부병 등

○ 채취 : 여름에 채취하여 잘 씻는다. 뿌리에 미세한 모래나 흙이 붙
  어 있어 여러 번 씻어서 그늘에서 말린다. 약초상에 많이 나와 있으
  며 가격이 저렴한 반면 손질을 깨끗이 하여야 한다.

○ 복용 방법
 ① 차로 음용
    – 개구리밥 20g을 2~3L의 물에 센 불로 달이다 끓으면 불을
      끄고 10분 더 둔다. 이 물을 차처럼 상복하면 혈당 조절에 도
      움이 된다.
 ② 분말로 복용
 ③ 환으로 복용

○ 맛 : 차(액)는 단맛이 나며 순하여 먹기에 좋다.

○ 총평
    – 혈당 조절에 효과가 크.
    – 식후 2시간이 지나도 혈당이 오르지 않으며, 상승하여도 그 정
      도가 매우 미미하다.

○ 식초와의 작용
    – 식초와의 조합이 매우 좋다.

○ 표고버섯과의 작용
    – 혈당 조절 작용이 좋다.

〈보기〉 2015년 9월 18일

저녁 식사 – 쌀밥, 소고기 미역국, 생선구이, 계란후라이, 햄, 머구쌈, 김치, 나물(19 : 20)
식후 – 들깨가루 1스푼, 부평초 분말 1스푼, 식초, 표고버섯물
혈당 체크 – 151(21 : 20)
운동 – 걷기

20) 닭의장풀(달개비)

지방마다 부르는 이름이 다르다. 우리나라 전역에서 쉽게 볼 수 있다. 연한 줄기와 잎은 나물로도 이용되며, 건강 식품으로 널리 쓰인다.

○ 효능
　– 이뇨, 당뇨, 신경통 등

○ 채취 : 꽃이 피어 있는 통째로 채취하여 손질한 후 그늘에서 말린다. 통풍이 잘되고 습기가 차지 않는 곳에 보관하여 두고 사용한다. 약재시장에서 쉽게 구할 수 있으며 가격도 매우 저렴하다.

○ 복용 방법
① 차로 음용
　– 달개비 25g을 2.5~3L의 물에 센 불로 달이다 끓으면 약불로 약 10분 더 달인다. 이 물을 차처럼 마시면 좋다.

② 분말로 복용

　　- 4~5g을 1회 복용량으로 한다.

③ 환으로 복용

○ 맛 : 차(액)는 맛이 순하며 소죽 끓일 때 나는 냄새와 비슷하지만 먹는데 지장은 없다. 분말은 단맛에 가깝고 맛이 순하나 독한 향이 있다.

○ 총평

　　- 혈당조절에 큰 효과가 있다.

　　- 식후 2시간이 지나도 혈당이 오르지 않는다.

○ 식초와의 작용

　　- 상호 보완작용이 좋으며, 혈당조절 효과가 크다.

○ 표고버섯과의 작용

　　- 식초와의 조합과 같은 효과이다.

21) 독활뿌리

땅두릅, 토당귀, 대활, 풀두릅 등 다양한 이름의 여러해살이 식물로 전국의 산에 자생한다. 새순과 어린 줄기는 나물로 먹기도 한다. 연한 녹색의 꽃이 7~8월경에 피고, 10월경에 씨앗이 여문다. 농가에서 많이 재배한다.

○ 효능

－ 해열, 강장, 거담, 위암, 당뇨, 신경통, 중풍 등

－ 생즙을 먹으면 강장제로 좋다.

－ 뿌리를 달여 마시면 현기증, 치통, 두통에 좋다.

○ 채취 : 식물 전체를 채취한다.

○ 복용 방법

① 차로 음용

－ 깨끗이 손질한 뿌리 30g을 3~4L의 물에 센 불로 달이다 끓으면 중불로 약 20~30분 더 달인다. 이 물을 차처럼 마시면 좋다.

② 분말로 복용

③ 환으로 복용

○ 맛 : 차(액)는 맛이 순하나 뒷맛이 약간 떫다. 특히 향이 거슬린다.

○ 총평

－ 혈당 조절 기능은 있으나 분말이나 환으로 먹어야 한다.

○ 식초 및 표고버섯과의 작용도 미미하며, 혈당 조절만을 위해서라면 복용을 권하지 않는다.

22) 띠(띠뿌리-백모근)

모침, 황모, 황모초, 삐비, 필기, 피기 등으로 불리며, 전국의 산, 들, 언덕에 자생한다. 어린 시절 피기라 해서 하얀 속대가 피기 전 뽑아 먹

던 풀이다.

○ 효능
　－ 이뇨, 강장, 지혈, 생리불순, 천식, 황달, 부종, 고혈압, 해열,
　　구토, 주독, 폐병, 방광염, 신장염, 소염, 종창 등
　－ 당뇨에 뿌리를 달여 마시면 좋다.
　－ 생즙은 주독에 좋다.

○ 복용 방법
　① 차로 음용
　－ 백모근 25g을 3L의 물에 센 불로 달이다 끓으면 중불로 20분
　　더 달인다. 이 물을 차처럼 마시면 좋다.
　② 분말로 복용
　③ 환으로 복용

○ 맛 : 차(액)는 단맛이 나며 먹기 편하다. 분말 역시 달고 먹기 편
　하다.

○ 총평
　－ 혈당 조절에 큰 효과가 있다.
　－ 식후 2시간이 지나도 혈당이 오르지 않는다.
○ 식초와의 작용
　－ 식초와의 궁합이 좋으며, 혈당 상승 억제 효과가 크고, 시간이
　　지나도 혈당이 오르지 않는다.

○ 표고버섯과의 작용
  - 혈당 상승 억제 효과가 좋으며, 시간이 지나도 효과가 지속되고, 버섯과의 궁합도 좋다.

23) 삼백초

제주도 협제 근처의 습지에 자생하는 여러해살이 식물로 잎와 꽃, 뿌리가 흰색을 띤다고 하여 삼백초라 불린다. 꽃이 피면 풀 전체를 채취하여 그늘에서 말려 보관한다.

○ 효능
  - 해독 작용 및 고혈압과 같은 성인병과 암 예방에 좋다.

○ 복용 방법
 ① 차로 음용
  - 삼백초 60g을 3~4L의 물에 센 불로 달이다 끓으면 약불로 5분 더 달인다. 이 물을 차처럼 음용한다.

○ 맛 : 차(액)는 단맛에 가깝고 순하나 약간 쓰는 뒷맛이 있으며, 분말이 역해서 먹기에 좋지 않다.
○ 총평
  - 혈당 조절 작용이 뛰어나지 않으나, 식후 시간이 지나도 혈당이 오르지 않는다. 당뇨인에게는 권장하지 않는다.

○ 식초와의 작용

　　– 혈당 조절 작용이 미미한 편이다.

○ 표고버섯과의 작용

　　– 식초 작용과 큰 차이가 없다.

24) 창출(삽주)

국화과의 다년생 식물로서 산계, 마계, 적출, 산련, 삼주 등의 이름이 많은 식물이다. 잎은 쌈으로도 먹는다. 뿌리는 굵고 마디가 있으며, 백출이 창출을 말한다. 창출은 채취한 뿌리를 손질하여 그늘에서 말린 것이며, 백출은 창출의 껍질을 벗겨 말린 것이다.

○ 효능

　　– 이뇨, 결막염, 고혈압, 현기증, 당뇨, 건위, 만성위장병, 소화
　　　불량, 복통, 설사 등
　　– 당뇨에 창출을 달여 마시면 좋다.
　　– 가루로 내어 장복하면 위가 좋아진다.

○ 복용 방법
　① 차로 음용
　　– 창출 50~60g을 4L의 물에 센 불로 달이다 끓으면 약불로 30
　　　분 더 달인다. 이 물을 차처럼 음용한다.
　② 분말로 복용

－ 5~6g을 1회 복용량으로 한다.

③ 환으로 복용

－ 8~9g을 1회 복용량으로 한다.

○ 맛 : 차(액)는 달일 때 강한 향과 쓴맛이 날아가서 맛이 순하고 단맛에 가깝다. 향이 순하고 먹기에 좋다. 분말은 향이 독하고 써서 먹기에 좋지 않다. 분말보다 환으로 먹는 편이 낫다.

○ 총평

－ 혈당 조절 작용이 강하다.

－ 식후 시간이 지나도 혈당이 오르지 않는다.

○ 식초와의 작용

－ 혈당 조절 능력이 상승되어 당뇨에 좋으며 시간이 지나도 혈당이 오르지 않는다.

○ 표고버섯과의 작용

－ 표고버섯과의 궁합이 아주 좋으며, 혈당조절 능력이 탁월하고 시간이 지나도 혈당이 오르지 않는다.

25) 선화

미초, 고자화, 메 등으로 불리며, 논이나 밭의 둑 등에서 흔히 보이는 풀이다. 어린 잎은 나물로도 먹으며 전국에 자행하는 여러해살이 풀로 6~8월경에 꽃이 핀다.

○ 효능

　　– 정력 강화, 불감증, 당뇨, 중풍, 천식, 이뇨, 감기 등

　　– 달인 물을 상복하면 여성의 방광에 좋다.

　　– 15~20g 정도 달여 먹으면 당뇨와 정력감화에 좋다.

　　– 신장, 이뇨에도 좋다.

　　– 영양이 풍부한 강장식품이다.

○ 복용 방법

　① 차로 음용

　　– 선화 20~30g을 3~4L의 물에 센 불로 달이다 끓으면 약 15분
　　더 달인다. 이 물을 상복하면 좋다.

　② 분말로 복용

　　– 6g을 1회 복용량으로 한다.

　③ 환으로 복용

○ 맛 : 차(액)는 색이 곱고 맛이 순하여 먹기에 좋다. 분말은 뒷맛이
　약간 떫으나 순하고 먹기에 편하다.

○ 총평

　　– 혈당 조절 작용이 강하다.

　　– 식후 2시간이 지나도 혈당이 오르지 않는다.

○ 식초와의 작용

　　– 혈당 상승 억제 작용이 매우 좋으며, 시간이 지나도 혈당이 오
　　르지 않는다. 또한 체력증진에 도움이 된다.

○ 표고버섯과의 작용

 - 표고버섯과의 궁합이 아주 좋으며, 혈당 상승 억제 작용이 탁
   월하고 시간이 지나도 혈당이 오르지 않는다.

26) 으름덩굴

동초로도 불리며 이름이 지방에 따라 다양하다. 우리나라 전역의 산
에 자생하는 여러해살이 넝쿨 식물이다. 4~5월경에 꽃이 피고, 9~10
월에 열매를 맺는다. 예로부터 친숙한 나무로 열매는 맛이 좋다. 뿌리
와 줄기를 민간 요법에서 사용한다.

○ 효능

 - 이뇨, 당뇨, 신경통 등
 - 넝쿨을 달여 상복하면 당뇨에 좋다.
 - 임산부와 몸이 허약한 사람은 복용을 삼가야 한다.

○ 채취

 - 사철 채취가 가능하다. 잎이 진 후나 새싹이 나기 전에 채취하
   는 것이 좋다.

○ 복용 방법
 ① 차로 음용
 - 으름덩굴 25~30g을 4L의 물에 센 불로 달이다 끓으면 중불로
   20~30분 더 달인다. 이 물을 차처럼 음용하면 좋다.

② 분말로 복용

③ 환으로 복용

○ 맛 : 차(액)는 순하여 먹기에 좋으며, 분말 또한 달고 순하여 먹기
에 좋다.

○ 총평
　– 혈당 조절 작용이 강한 편은 아니지만 식후 2시간이 지나도 혈
당이 오르지 않는다.

○ 식초와의 작용
　– 혈당 조절 능력이 강한 편은 아니지만 식후 2시간이 지나도 혈
당이 오르지 않는다.

○ 표고버섯과의 작용
　– 궁합이 좋은 편은 아니다.

27) 인동덩굴

겨울에도 잎이 마르지 않고 추위에 잘 견딘다 하여 인동(忍冬)이다.
전국의 산과 들에 자생하는 풀로 6~7월경에 꽃이 핀다.

○ 효능
　– 해열, 이뇨, 당뇨 등

– 당뇨에 줄기와 잎을 달여 상복하면 좋다.

○ 복용 방법
 ① 차로 음용
  – 인동덩굴 20g을 3L의 물에 센 불로 달이다 끓으면 중불로 25
  분 더 달인다. 이 물을 차처럼 음용하면 좋다.
 ② 분말로 복용
 ③ 환으로 복용
○ 맛 : 분말은 단맛이 나면서 약간의 쓴맛도 느껴지나 먹는 데 그리
 나쁘지 않다.

○ 총평
  – 혈당 조절 작용이 강하며, 식후 시간이 지나도 혈당이 오르지
  않는다.

○ 식초와의 작용
  – 식초와의 상호 작용이 아주 좋다. 혈당 억제 작용의 상승 효과
  가 아주 좋으며, 식후 2시간이 지나도 혈당이 오르지 않는다.

○ 표고버섯과의 작용
  – 궁합이 아주 좋으며, 혈당억제 능력이 뛰어나 시간이 지나도
  혈당이 오르지 않는다.

28) 지모

최근에는 한약 재배 농가에서 많이 재배하여 약재상에서 쉽게 구할
수 있는 여러해살이 식물이다. 잎이 가늘고 길며, 야산이나 언덕의 습
한 곳에 많이 자생한다.

○ 효능
  - 당뇨, 이뇨, 혈압 강하 등
  - 폐에 이로운 작용을 한다.

○ 채취
  - 사철 채취가 가능하다. 잎이 진 후나 새싹이 나기 전에 채취하
    는 것이 좋다.

○ 복용 방법
 ① 차로 음용
  - 지모 25~30g을 3~4L의 물에 센 불로 달이다 끓으면 중불로
    25~30분 더 달인다. 이 물을 차처럼 음용하면 좋으며, 식후 2
    시간까지 800mL 정도 마신다.
 ② 분말로 복용
 ③ 환으로 복용

○ 맛 : 차(액)는 연하게 쓴맛이 나지만 독하지 않아 먹기에 어려움이
    없으며, 분말 또한 먹기에 나쁘지 않다.

○ 총평

　– 혈당 조절 작용이 아주 강하며, 식후 시간이 지나도 혈당이 오르지 않는다.

○ 식초와의 작용

　– 상호작용이 탁월하여 혈당 조절 작용이 상승한다. 식후 2시간이 지나도 혈당이 오르지 않는다.

○ 표고버섯과의 작용

　– 혈당 조절 작용이 아주 강하며 식후 2시간이 지나도 혈당이 오르지 않는다.

29) 차전초(질경이)

질경이, 배부쟁이 등 지역에 따라 여러 이름을 지닌 식물이다. 전국 어디서나 자생하는 번식력이 강한 식물이다. 봄의 새순은 나물로도 먹으며 매우 흔하다.

○ 효능

　– 진해, 강심, 해열, 위장병, 고혈압, 두통, 심장 질환 등

○ 채취

　– 풀 전체를 채취하여 그늘에서 말린다.

○ 복용 방법

① 차로 음용
 - 차전초 25g을 2L의 물에 센 불로 달이다 끓으면 약불로 5분 더 달인다. 이 물을 차처럼 음용하면 좋으며, 식후 2시간까지 700mL 이상 마신다.
② 분말로 복용
③ 환으로 복용

○ 맛 : 차(액)는 단맛에 가깝고 순하다. 연한 향이 있으나 먹기에 큰 지장은 없다. 분말은 맛은 밋밋하고 향이 별로 없어 먹기에 좋다.

○ 총평
 - 혈당조절 작용이 강한 편은 아니지만 식후 시간이 지나도 혈당이 크게 오르지 않는다.

○ 식초와의 작용
 - 큰 상승 효과는 없지만 식후 2시간이 지나도 혈당이 오르지 않는다.

○ 표고버섯과의 작용
 - 그저 그런 정도이며, 굳이 함께 복용할 정도는 아니다.

30) 하늘타리(열매, 뿌리)

마루, 쥐참외, 하늘수박, 천과 등으로 불리는 이 식물은 여러해살이 넝쿨 식물로 7~8월경에 꽃이 피며, 10월경에 열매를 맺는다. 전국의 산과 들에 분포하며 신농본초경(神農本草經)에도 그 뿌리와 과실을 이용한 기록이 있다. 과거에는 언덕이나 야산에서 쉽게 볼 수 있었으나 최근에는 보기가 쉽지 않다. 하늘타리는 열매와 뿌리에 대해 각각 실험한 기록을 서술한다.

  ○ 효능
    – 창종, 당뇨, 해일, 해소, 치루, 중풍, 유두염, 타박상, 어혈, 피부병, 황달, 결핵 등
    – 뿌리 말린 것을 달여 먹으면 황달, 기침, 생리 불순에 좋다.
    – 뿌리를 달여 먹으면 당뇨, 부인병, 폐결핵, 중풍에 좋다.

(1) 열매(괄루인)

  ○ 복용 방법
  ① 차로 음용
    – 괄루인 50~60g을 4L의 물에 센 불에 달이다 끓으면 약불로 15분 더 달인다. 이 물을 차처럼 음용한다.
  ② 분말로 복용
  ③ 환으로 복용

  ○ 맛 : 차(액)는 먹기에 그저 그러한 편이며, 분말도 마찬가지이다.

  ○ 총평
    – 혈당 조절 작용이 중상 정도 된다.

－ 식후 시간이 지나도 혈당이 올라가지 않는다.

○ 식초 및 표고버섯과의 작용
　－ 좋은 편은 아니나, 식후 시간이 지나도 혈당이 올라가지 않는다.

(2) 뿌리

○ 복용 방법
　① 차로 음용
　　－ 하늘타리 60g을 3~4L의 물에 센 불로 달이다 끓으면 중불로 20분 더 달인다. 이 물을 차처럼 마시면 좋다.
　② 분말로 복용
　　－ 4~5g을 1회 복용량으로 한다.
　③ 환으로 복용

○ 맛 : 차(액)는 맛이 순하고 먹기에 좋다. 분말은 뒷맛이 조금 짜면서 신맛이 난다. 먹기에 나쁘지 않다.

○ 총평
　－ 혈당 조절 작용이 좋으며, 식후 시간이 지나도 혈당이 오르지 않는다. 열매보다는 뿌리가 당뇨에 좋다.

○ 식초와의 작용

- 식초와의 조합이 당뇨에 매우 좋으며, 상호 상승 작용이 좋아 혈당 조절이 잘 되며, 식후 시간이 지나도 혈당이 오르지 않는다.

○ 표고버섯과의 작용
- 식초와의 조합처럼 당뇨에 매우 좋다.

31) 황벽(나무껍질)

황백목 등의 여러 이름이 있으며 전국의 산에 자생하는 키가 큰 나무이다.

○ 효능
- 강장, 당뇨, 정력 증진 등
- 당뇨에 차처럼 달여 마시면 좋다.

○ 복용 방법
① 차로 음용
- 황벽 나무껍질 18~20g을 3L의 물에 센 불로 달이다 끓으면 약불로 20~25분 정도 더 달인다. 이 물을 차처럼 음용하면 좋다.
② 분말로 복용
③ 환으로 복용

○ 맛 : 차(액)는 맛이 쓰며 먹기에 좋지 않다.

○ 총평
  − 혈당 조절 작용이 강한 편은 아니지만 식후 시간이 지나도 혈당이 크게 오르지 않는다. 또한 액이나 분말 모두 먹기에 힘들며 복용을 원하면 환을 권한다.

○ 식초와의 작용
  − 상호 작용이 좋은 편이 아니며, 복용도 용이치 않아 권하지 않는다.

○ 표고버섯과의 작용
  − 식초와의 작용과 큰 차이가 없다.

이상으로 내가 20년 세월과 함께 내 몸을 대상으로 당뇨인의 혈당 조절과 건강 유지 및 증진에 도움이 될 산야초 등 많은 약초와 식물, 그리고 식초와 표고버섯과의 관계 등을 실험하여 약 30여 종의 품목을 선별하여 소개하였다. 현재 많은 사람들이 잘 알고 있는 품목들은 처음부터 배제하였다. 이미 많은 이들이 어떤 방법으로든 복용하고 있거나 해 보았을 것이기에 가능하면 많은 사람들에게 선택의 폭을 넓게 할 수 있도록 폭 넓은 기준에 맞게 다양하게 선별하였다. 그 중에서도 당뇨인에게 도움이 되는 30여 품목만 실험한 내용을 기록하였다. 실험의 내용으로 볼 때,

  − 혈당 조절 작용이 뛰어나면서도 차, 분말로 먹기에 아주 좋은 품목도 있고, 그렇지 못한 경우도 있었으며,
  − 혈당 조절 작용이 중간쯤 되면서도 섭취하기에 아주 좋은 품

목도 있었으며, 그렇지 못한 품목도 있었고,

– 혈당 조절 작용이 약하면서도 차, 분말로 먹기에 아주 좋은 품
목도 있고, 그렇지 못한 경우도 있었다.

– 식초와 표고버섯과의 상승 효과가 좋은 품목과 그렇지 못한
품목도 있었다.

나의 20년 실험의 삶에서,

– 어떻게 건강한 삶을 살 수 있나 고민하며 깊이 깨달은 것은,

○ 진정한 나의 사랑을 위해 모자란 듯이 살자.
○ 진정한 나의 사랑을 위해 가족을 보석 같이 아끼자.
○ 현재 내 삶의 행복함에 고마워하자.
○ 좋은 인연의 좋은 사람은 진심으로 고마워하고 아끼자.
○ 진정한 나의 사랑을 위해 건강 관리에 철저히 하자.

그 길은 쉽고도 가까운 데 있었다.

6. 식초와 표고버섯이다.

처음부터 식초와 표고버섯을 주연으로 하고 앞서 말한 것처럼 재료마다 내 몸을 대상으로 하여 실험을 했다. 13~14년 간 내 몸을 대상으로 실험을 하다보니 당뇨로 인한 체력과 건강의 고갈이 아니고 각종 실험으로 몸을 혹사시켜 건강이 바닥까지 갔다. 더 이상 체력이 떨어지면 내가 하려는 일을 시작도 하기 전에 죽겠다 싶어

○ 체력과 건강도 되찾고
○ 식초와 표고버섯의 마지막 실험에 대한 점검도 완성해야 하고
○ 내 생에 마지막 건강 책이 될 글을 완성해야 하고
○ 평소 잡다한 글을 쓰고 있는 것도 이어서 쓸 겸

내 고향과 살던 곳을 멀리 떠나 조용한 곳으로 가고자 평소 아내와 내가 좋아하는 설악산이 있는 설악동에 가기로 했다. 막내가 첫돌 지났을 때 장모님께 아이를 맡기고 가을 설악산을 10일 동안 산장에서 밤을 세며 아내와 내가 가을 설악에 빠졌던 추억이며, 매년 가을에는 설악산을 아내와 다녀오는 즐거움이 가중되어 설악으로 가기로 했다. 설악이 우리와 함께 할 인연이 닿지 않는지 추위를 싫어하는 아내가 아무리 생각해도 나이 탓인지 추위가 겁이 난다고 하여 해남으로 2011년 5월에 왔다. 아마 설악동보다 해남과의 전생 인연이 더 깊었기 때문이리라. 내가 새 둥지를 튼 집은 해남윤씨 집성촌인 녹우당이 있는 연동리다.

유명한 지관이 자기가 평생 살려고 명당에 절을 지었다. 내가 이곳에

살 인연이 닿았는지 지관이 자연스레 여기를 떠날 일이 생겨 경기도로 가고 2년째 빈집이었다. 내가 이사를 오니 사람들이 이곳은 절이라 터가 센 곳이라서 기가 센 사람이 아니면 못산다고들 했다. 내 모든 계획한 목표를 최대 10년을 잡고 여기 왔는데 터가 세다는 염려들은 나와 아내에게는 관심 밖이었다. 그리고 나는 지금까지

- 사람이 해서는 안 되는 나쁜 생각,
- 사람이 해서는 안 되는 나쁜 행동 등을
- 지금까지 해 본 적 없이, 순수한 아름다움의 생활, 거짓과 꾸 밈없는 솔직한 생활 말고는 안 해 본 것 없이 자유로운 영혼으로, 세상 무서운 것 없이 지금까지 잘 살아왔는데 그까짓 것이 대수랴.

아내와 나는 8년째 아무 탈 없이 잘 살고 있다. 아내와 내가 그들의 말처럼 정말 기가 센 사람들인가. 약 30년 전에 나이 들어 고향에 가면 집에 이름 하나 붙이고 살겠다며 아내가 심휴정(心休亭)이라 이름 지어 놓은 것을 여기서 붙이고 산다. 내가 해남에 온 목적을 이룰 수 있게 부처님의 보살펴 주심으로 하여 다 이루어져 가고 있고, 나와 아내가 해남과의 인연이 좋아서인지 만나는 사람들과의 인연도 좋은 인연으로 이어져 가고 있다. 처음 얼마간은 다들 아무 연고도 없는 경상도 사람이 이곳에 왜 왔는지 궁금해 했다.

○ 그냥 살기 좋은 곳이라 살려고 왔다고 말하면서 지금까지 이곳 사람들과 잘 어울려 재미있게 살고 있다.

○ 우리가 해남에 안착할 수 있도록 따뜻하게, 향기롭고 순수한 인간미로 마음써 도움을 주신 고산 윤선도 어른의 14대손인 윤형식 종손 어른의 큰 도움과 보살펴 주신 큰 은혜와 고마움은 평생 내 마음에 자리할 것이다.

그리고 해남에 온 지 얼마 되지 않아 아내와 조오련 수영장을 다녔다. 2층에 체육 시설이 있어 아내와 수영 전에 올라가 운동을 했다. 해남에서의 첫 수영과 운동의 시작이었다. 고참 분들이 운동을 하고 있었다. 내가 죽을 때까지 고마움을 잊지 못할 사람들이다. 낯설고, 말설고, 환경도 설고 모든 것이 처음인 우리에게 친절하고 다정하게 대해 주었다. 맑고, 밝고, 깨끗하고, 순수한, 인간미를 잃지 않은, 세파에 물들지 않은 사람들이었다. 그리고 어디서 왔는지, 왜 왔는지 등의 궁금함을 입 밖에 내지 않는 향기로운 사람들이었다. 지금까지도 묻지도 궁금해 하지도 않는다. 그 동안 서로를 알게 되고 정이 들면서 잘 지내고 있다. 오인방 아우님들이다.

첫째 미사화장품 사장 김옥초 아우님, 이 아우님은 맛있는 점심 대접 약속이 아직 감감 무소식이다. 그리고 얼마 전부터는 불교 공부에 신심을 내어 너무 고맙고 감사하다. 나는 옥초아우보살님이라고 부른다. 내가 알고 있는 불교 공부에 대해 온 힘을 다해 도와주려고 한다. 둘째 대흥사 앞 동일장모텔 사장 송기영 아우님, 이 아우님은 2년 전 중국 요리집에서 식사하다 만나 짜장면 대접 약속이 언제 실현될는지, 배가 출출할 때는 짜장면이 눈에 아른거린다. 셋째 샤트렌 여성옷 전문매장 사장 백윤정 아우님. 이 아우님은 가끔 들르면 차 대접을 잘해준다. 특히 사과엑기스차가 일품이다. 넷째 옥천 젖소농장 양경숙 아우님. 이 아우님은 내 친구 이름과 같아서 가끔 그 친구는 지금 어디서 곱게 잘 늙어가

고 있는지 생각나게 하는 아우님이다. 다섯째 폴햄 아웃웨어 사장 현은
희 조카님. 이 조카님은 어쩌다 들르면 나는 친조카가 없는데도 내 친
조카 같은 생각이 들어 고마움을 느낀다. 맛있는 커피는 짱이다. 그리
고 성원전기 사장 아영옥 보살님, 이 보살님은 불교 신자신데 가끔 들
러 불교 공부 이야기를 해 드리면 무척 좋아한다. 친정 부모님 분들도
좋은 분들이시다.

내가 왜 오인방 아우님들과 보살님의 이야기를 하는가 하면, 해남에
서 내 목표를 위해 전념할 때 나도 사람인지라 정말 낯선 곳에서 힘들
고, 지치고, 어렵고, 외롭고, 고향 산천과 살던 곳이 생각날 때 유일하
게 마음을 다스리고, 차 한 잔 마시고, 이야기 나누고, 횅하니 읍내 한
바퀴 돌고 올 수 있는 곳은 아우님들이 있는 곳이었다. 마음이 다시 잘
정리되고 목표를 향한 열정이 더 불타오르곤 하였다. 내 아내도 오인방
아우님들을 참 좋아한다. 그리고 마이산 식당 처제도 고맙다. 나의 친처
제처럼 가까운 사이가 되었다. 오인방 아우님들, 성원전기 보살님, 마
이산 처제, 친형님과 친형수님 같은 흥부민박 이정관, 황봉두 형님 내
외분은 영락없는 내 형님, 형수님이 되셨다.

그리고 꼬꼬펜션 강성근, 허민주 사장 부부님도 내가 평생 잊지 못할
향기로운 분들이다. 이분들의 고마움을 내가 죽어서도 잊지 않겠다
고 글로서도 남기고자 한다.

그리고 좋은 인연의 사람들, 조오련 수영장 아침반에서 매일 만나는
오인방 아우님들과 김평곤 형님 내외, 김금복 형님 내외, 농협 해남군
지부장을 지낸 박화춘 부부는 갑장이라서인지 곰삭은 젓갈 같은, 좋은
향기가 나는 부부이다. 여러분들에게도 고마움을 표시한다. 이분들과
는 가끔 점심도 하고 맛집을 찾아 해남을 벗어나 멀리까지도 간다. 오

인방 아우님들, 보살님, 처제, 수영장 분들의 따뜻함이 해남 정착에 큰 힘이 되었기에 감사의 마음을 표한다. 그리고 이분들 덕분에 7년간의 실험 동안, 덜 지칠 수 있었고, 덜 어려울 수 있었고, 덜 외로울 수 있었으며, 덜 힘든 나날을 보낼 수 있었기에 건강도 회복되어 지금 이 글을 쓸 수 있기 때문이다. 어떻게 보면 이분들의 보이지 않는 정과 사랑과 베품이 없었다면 오늘 이렇게 당뇨 환자, 심혈관 질환자를 비롯한 모든 사람들의 건강을 위한 글을 쓸 수 있었을지 생각하면서 다시 한 번 진심으로 고마움을 전한다. 내 꿈을 이룰 수 있게 힘이 되어주신 분들께 진심으로 큰절을 올린다.

– 해남, 땅끝, 우리나라 땅끝!

우리나라 사람이라면 해남에서 한번쯤(또는 평생을 산들 누가 뭐라고 하겠나?) 살아보는 것도 정말 좋을 것 같다. 땅끝이라는 것, 부산까지 펼쳐진 다도해의 맛과 멋, 그리고 낭만. 인천까지 내달리는 서해 갯벌의 싱그러운 삶, 맛, 멋, 일몰. 고작 4시간여 정도의 시간 안에서… 남해와 서해를 거리와 시간에 구애받지 않고 그곳이 어디일지라도 그곳에 가고 싶으면 바로 갈 수 있는 곳, 해남.

땅이 넓고 바다가 넓어 삶이 풍족한 곳, 사람들의 심성이 넉넉한 곳, 타지에서 온 이주민을 따돌리지 않는, 함께 정을 나누며 삶을 담아 사는 땅끝 사람들. 죽기 전에 다만 몇 개월, 몇 년만이라도 살아보지 않으면 후회할 그곳, 해남. 나와 아내는 해남 그곳에서 향기로운 삶을 이어가고 있다. 해남의 땅과 하늘과 숲과 바다와 해와 달, 해남의 모든 이들에게 8년 세월의 아름다웠던 삶을 있게 해 주신 고마움과 감사의 마음을 담아 두손 모아 합장을 드립니다.

○ 나는 아호를 삼락자(三樂者)라 쓴다.

○ 세 가지 즐거움이 내 삶의 뿌리다.

○ 첫째는 아버지, 어머니 두 분을 인연으로 하여 인간으로 태어났음에 더할 수 없는 즐거움이고,

○ 둘째는 부처님 정법을 만난 인연에 더할 수 없는 즐거움이며,

○ 셋째는 아내와 아이들을 만난 좋은 인연에 더할 수 없는 즐거움이 있다는 뜻이다.

○ 8년째 접어든 해남에서의 삶에서 내가 여기에 온 목적을 이루었으니,

○ 그 목적의 열매를 칠십 넘어 사는 동안 터득한 인생의 철학 바구니에 담아

○ 정신적 건강과

○ 육체적 건강을 가꾸어

○ 건강한 삶을 사는 데 도움이 되도록 글을 엮어가고 있다.

7. 당뇨를 친구로 하라

내가 2002년 7월에 출간한 "나는 이렇게 당뇨를 관리한다"는 첫 건강 책에서 한 말들이다.

○ 당뇨인들이여, 당뇨를 친구로 하라.

○ 혈당 수치의 등락에 너무 민감하지 마라.

○ 당신에게 있어 더 무서운 병은

○ 당신이 당뇨 환자인 것에 주눅 들어있고

○ 당신의 당뇨에 당신이 끌려 다니는 데 있으며,

○ 또는 당뇨가 얼마나 무서운 병인지 모르는 무지함에 있고

○ 한 가지 병에 백 가지 약이라고 이것저것에 끌려 다니는 데 있고

○ 당장 신체적으로 아무 증상이 없다고 하여 걱정은 아예 붙들어 꽁꽁 묶어 놓았으며

○ 간도 크게 뾰족한 수도 없으면서 마음대로 생활하는 데 있고

○ 자기가 아는 쥐꼬리 같은 경험과 상식으로 당뇨 알기를 발 사이의 때만큼도 아니게 취급하고

○ 제발 정신차리고 보라

○ 당뇨인 당신의 가장 훌륭한 의사는 당신 자신이다.

○ 당신의 당뇨에 대해 당신보다 더 잘 아는 사람은 없다.

○ 당신이 당신을 책임져야 한다.

○ 그 책임을 함께 통감하며 마음 아파할

○ "마음의 친구", 즉 당뇨를 친구로 하라는 말이다.

○ 언제, 어디서나 당뇨 친구의 말을 잘 들어라.

○ 당신의 당뇨 친구는 당신을 위해, 당신의 건강을 위해 한결같이 도움이 되는 말을 해주는 좋은 친구인 것이다.

○ 당뇨 친구는 그때 그때 상황에 따라 어떻게 할 것을 자세히 말해줄 것이다.

○ 채소류를 많이 먹고

○ 육류도 꼭 먹어라.

○ 해초류도 꼭 먹어라.

○ 너무 짜게도 말고, 너무 싱겁게도 먹지 말고 적당히 간을 하고 먹어라.

○ 금연, 금주를 하고

○ 술을 꼭 먹을 일이 있으면 소주 1~2잔까지만 하고

○ 맥주와 막걸리는 가능하면 피하라.

○ 밥도 적당히 먹고, 반찬도 여러 가지 고루 먹고

○ 모든 일에는 스트레스 받지 않도록

○ 마음을 긍정적으로 가져라.

○ 모든 일에는 웃는 마음으로 대하고, 고집을 부리지 마라.

○ 스트레스 받는 것은

   – 정신적 건강에 치명적 해악이고

   – 육체적 건강에도 치명적 해악이다.

   – 아무튼 열을 받아 쌓여 "열천불"을 받으면 "축 사망"인 것이다.

○ 그리고 적선도 자주하거라

○ 참 나의 행복한 발전을 위하여!

– 경상아 알것제

– 오냐. 니가 언제나 날 잘 챙겨주어 고맙다.

○ 당뇨친구가 당신의 일상을 잘 관리해 줄 것이다.

당뇨를 친구로 하라.

8. 식초를 먹어라

문헌에 의하면 구약성서의 모세 5경에 강한 술식초가 등장하며, 고대 그리스의 히포크라테스도 상처를 소독하는 데 이용했으며, 클레오파트라를 비롯한 많은 귀족들이 건강과 미용을 위해 식초를 마셨다는 이야기가 전해진다. 우리나라는 고려시대에 음식 조리에 식초가 이용되었다. 오랜 역사를 가지고 있는 식초는 동서양을 막론하고 인간과 음식으로나 병을 치료하는 데 유용하게 쓰이고 있다.

나는 전 인류의 건강을 위해 "약방엔 감초, 건강엔 식초" 뿐이라고 자신 있게 말할 수 있다. 내가 식초에 관심을 가지고 내 몸을 통해 실험을 본격적으로 시작한 것은 퇴원하고 2개월 때부터이다.

- ○ 어떻게 하면
- ○ 개인의 건강 상태
- ○ 체질과 체력
- ○ 개개인의 식습관 등의 다양성에 영향을 받지 않고
- ○ 먹고 싶은 대로 먹으면서
- ○ 당뇨 관리와
- ○ 건강 관리에 전혀 어려움 없이
- ○ 육제척 건강에 활력이 되고
- ○ 정신적 건강에도 충전이 되는 물질을 찾기에 중점을 두고
  - 식초와 각종 산야초와의 작용에 대해 실험을 행하였다.
  - 실험에서

○ 혈당 수치를 조절하는 작용 등은 충분히 만족을 하였다.

○ 식후 시간이 지나도 혈당이 오르지 않아 이 또한 만족을 했다. 그리고 실험의 시간이 지남에 따라 당뇨 환자뿐만 아니라 누구든 건강을 지킬 수 있는 길을 식초와 함께 부단한 노력의 결과로 해답을 찾게 되었다. 그 해답과 과정 등을 이야기하고자 한다.

○ 어떤 환경

○ 어떤 연령과 체질, 체력, 건강에 관계없이

○ 먹기도 쉽고, 보관도 쉽고

○ 구입이 쉽고, 경제적이며

○ 당뇨 환자 뿐만이 아닌

○ 각종 심혈관 질환자, 건강한 사람을 포함한 모든 이들에게

○ 예방, 치료, 관리효과가 탁월하며

○ 육체적 건강에 자신이 생겨

○ 정신적 건강으로 이어져

○ 삶의 활력이 충전되어

○ 생활에 자신감이 넘치는

○ 먹고 싶은 대로 먹으면서도

○ 당뇨 관리와 체력 관리, 건강 관리가 잘되는 것을 찾아

○ 실험의 험하고도 어렵고, 외롭고 힘든 길을 묵묵히 걸어 약 20년의 긴 여정에서 걸러낸

○ 값진 보석, 식초다. 나의 힘든 20년의 세월을 지탱할 수 있었던 힘의 원천은

 − 노모와 아내, 아이들에게

 − 나의 건강으로 인하여 아픔을 주어서는 아니된다는 간절한 염

원과

- 그리고 나의 평생 소원인
- 병들어 불행하고 가난하여 의지할 곳 없는 낮고 어두운 곳에 있는 힘든 사람들을 돕는 일과
- 나의 간절한 기도에 평생 소원을 실천하도록 목숨을 살려주신
- 은혜에 보답해야 한다는
- 마음의 열정이었다.
- 다시 반복하지만

○ 당뇨 환자와

○ 심혈관 질환자와

○ 각종 질병자와

○ 건강한 사람, 모두의

- 건강한 생활을 위하여
- 예방과
- 치료와
- 관리에 필수라고 할 수 있는 식초를 먹어라. 긴 세월 실험을 통해 능력을 알게 된 "식초"는

○ 어떤 음식과

○ 어떤 요리와

○ 어떠한 보신재, 보양재, 건강재와

○ 어떠한 먹거리 등에

- 나쁜 작용이
- 상반되는 작용이
- 효과와 손실 면에서

- 건강에 해로운 점이
- 전혀 없다는 것이었다.

그리고
- 완벽한 건강 식품이라는 것이다.

〈당뇨〉

○ 두려워 마라.
○ 관리에 고심하지 마라.
○ 체력과 건강 증진을 염려마라.
○ 삶에 움츠려 들지 마라.
○ 한번뿐인 당신의 삶은
○ 건강을 찾는 데 최선을 다하는 당신의 것이니까.
○ 심혈관 질환자와
○ 각종 질병 환자와
○ 건강한 사람, 모두에게
○ 또 다시 말하노니,
- 삶을 건강하고 아름답게 살려면

〈식초를 먹어라〉

○ 특히 당뇨 환자는 먹는 것으로부터 자유로울 수 있다.
○ 해방이다.
○ 완전한 자유다.

○ 건강했던 본래의 나를 찾은 해방이다.

○ 그리고 해방의 초원을 달리는 자유로운 삶의 역마차다.

내가 왜 이렇게 끝도 없이 되풀이하며 강조하는가 하면,

○ 많은 사람이 자기 고집의 껍질을 벗지 않으려는데 있고

○ 내 말을 쉽게 수긍하기 힘든

○ 자기가 의사인가 하는 불신이 있고

○ 자기가 잘났나 하는 비아냥이 있어

　－ 나는 의사는 아니지만

　－ 의사? 지가 해봤나?

　－ 나는 해보았다. 20년을

　－ 지금도 하고 있다.

　－ 나는 잘나지는 않았지만

　－ 잘난 자기는 해봤나?

　－ 나는 해봤다 20년을!

　－ 박사 학위는 없어도

　－ 나는 실험해 본 식초 박사다! 나는 실험해 본 표고버섯 박사다!
　　나는 실험해 본 건강 박사다!

　－ 나는 당뇨와 심근경색 환자지만 환자가 지켜야 할 생활 습관의
　　틀에 얽매이지 않은 "이단아"다.

　　－ "자유로운 영혼"이다.

○ 모든 이들에게 말하노니

○ 삶의 지혜는 아집의 껍질을 벗고, 밝고 청량한 삶의 공기를 호
　흡할 때,

○ 마음의 창, 지혜의 창이 열려

○ 지혜로운 삶이 만들어지는 것이다.

○ 내가 바라는 것은

    – 한 사람이라도 더 많은 사람이 식초와 표고버섯을 먹고 건강한 생활을 하는 것이

    – 나의 소원이자 삶의 은혜에 보답하는 길이기 때문이다.

    – 나는 내가 먹고 싶은 대로 먹으면서 아무 탈 없이 멀쩡하니 아주 건강한 삶을 이어가고 있다.

    – 내 말이 긴가민가하면 나 사는 곳에 와서 누구든 보고, 듣고, 배우고 가라.

    – 내 책을 보고도 미심쩍으면, 보고 또 봐도 미심쩍으면,

    – 그리고 누구든 당뇨 관리, 심혈관 질환관리, 건강 관리의 철저한 실천 공부를 배우고 싶으면

○ 언제든 나에게 와서 익히고 배우고 가라.

○ 내 마음의 건강 대문과 심휴정 대문은 언제나 활짝 열려 있다.

○ 나는 이 책으로 하여 내가 반복하여 이야기 했듯이

○ 내 평생의 소원을 위해

○ 부처님께 드린 약속과 은혜의 보답을 위해

○ 노모와 아내, 아이들에게 마음 고생을 시키지 않겠다는 약속을 지키는 것 뿐이다.

    – 인기를 얻겠다는 것도

    – 명예를 얻겠다는 것도

    – 경제적으로 혜택을 받을까 하는 것도

    – 그 외에 독자들의 어떠한 상상에도 나는 관심이 없다.

    – 왜냐하면

- 나는 출세도, 명예도, 인기도 누려봤고
- 부자로도 살아봤고 실패도 해봤고
- 그리고 철들고부터 지금까지 살아오면서
- 양심과 정직을 저버린 적이 없어
- 세상 없는 그 어떠한 것에도 탐욕이 없다.
- 때문인지 세상에 무서운 것도 없다.
- 세상 부러운 것 하나 없는 이 나이에 욕심낼 것도 하나 없다.
- 단지 하나
- 아내와 함께 극락 가는 욕심 외에는!
- 공부가 모자라 극락에 못 가면 하는 염려 외에는!

내일이 초복이라지만 근간의 폭염에 굳이 복날이 없어도 될 것 같다. 20년 동안 실험한 각종 기록들을 올해 6월 1일부터 정리하기 시작하였다. 해남에 온지 7년째인 5월 30일을 지나 6월 1일부터 20년 세월의 결산서를 작성하기로 마음 먹었던 일이다. 그리고 해남에 온 목적이기도 하다.

○ 결산서를 아내와 나의 결혼기념일
○ 11월 11일 11시에 제출하고자 최선을 다하고 있다.
  - 각종 기록들을 정리하다 문득 아이스크림이 생각나 전문매장에서 한 통 사 와서 반 통을 먹고 나니 속이 시원하다.
  - 내가 소중한 인연으로 아끼는 오인방 아우님들도 한통씩 사주고 왔다.
  - 오는 길 대흥사 사거리 신호 대기 중에 노쇠한 노부부가 폐지

수레를 힘겹게 끌고 갔다. 이 폭염에도! 전 재산 만원 한 장을 쥐어주고 집까지 오는 데 가슴이 내내 찡하였다.

- 나는 주머니에 현금이 있는 날이 거의 없다. 그곳이 지구촌 어디건 마음이 찡한 누군가 보이면 주머니를 턴다.
- 당뇨 책을 쓰면서 왜 이런 이야기까지 하는가 하면, 이 부분은 분명
- 아름다운 삶에 대해 말하고 싶어서이다.
- 정신적 건강과 향기로운 삶의 사랑을 키우는 데는
- 보시와 나눔 밖에 없음을 내 삶의 나이테로 하여 조금씩 배우고 익혀 왔기 때문에 말하는 것이다.
- 육체적 건강은 나무랄 데 없이 좋아도
- 정신적 건강이 좋지 않으면
- 삶에 크건 작건 아픔이 행복을 짓밟기 때문이다.

○ 예수님이 제자들과 먼 길을 가다 먹을 것이 없어 고통 받는 한 무리의 많은 사람들을 만났다.

- 한 제자가 "저 사람들이 굶주려 먹을 것을 달라고 합니다"
- "우리에게 먹을 것이 얼마나 있느냐?"
- "고기 몇 마리와 빵 몇 조각 뿐입니다"
- "그것을 저 사람들에게 다 주어라"
- 내가 알고 있는 예수님의 감명 깊은 이야기 중 하나이다.
- 황금 같은 장년의 20년 세월!
- 당뇨와의 어렵고 힘들었던 세월의 파노라마를 책으로 묶어 내기로 하니
- 말 없이 조용한 눈물이 솟는다.

- 당뇨 환자여! 모든 질병자여!
- 희망을 가져라.
- 건강한 삶, 행복한 삶은 당신이 만들어 가는 것이다.
- 당뇨 및 갖은 질병과
- 삶의 무게와 힘든 고뇌와 싸우는 당신은
- 본래 "부처" 임을 알고 용기를 내시라.

〈보기〉〈실험 예〉

1999년 11월 11일

아침 기상 – 06 : 30

혈당 체크 – 131, 조릿대물과 표고버섯 섭취

아침 운동 – 초등학교 운동장 속보로 걷기(07 : 30)

아침 식사 – 잡곡밥, 무 시래기국, 된장찌개, 김치, 동치미, 갈치
구이, 식초, 조릿대물, 표고버섯(08 : 10)

식후 운동 – 런닝머신 걷기 40분

혈당 체크 – 168(09 : 10)

운동 – 초등학교 운동장 걷기 40분

혈당 체크 – 124(10 : 10)

표고버섯, 조릿대물 섭취

간식 – 한과, 떡, 과자

운동 – 공원 산책

점심 식사 –돼지국밥, 조릿대 물 섭취

저녁 식사 – 잡곡밥, 무 시레기국, 김치(18 : 00)

식후운동 – 런닝머신 걷기 1시간

식초, 조릿대 물, 표고버섯 섭취

혈당 체크 – 118(20 : 00)

〈실험 예〉 2000년 2월 16일

아침 기상 – 06 : 00

혈당 체크 – 128, 옥수수수염차와 표고버섯 섭취

아침 운동 – 초등학교 운동장 조깅 40분

아침 식사 – 잡곡밥, 소고기 미역국, 김치, 동치미, 고등어구이, 버섯나물(표고), 식초, 옥수수 수염차, 표고버섯(07 : 30)

식후 운동 – 런닝머신 속보 60분

혈당 체크 – 142(09 : 10)

운동 – 뒷산 산책 120분

점심 식사 –잡곡밥, 소고기 미역국, 고등어구이, 표고버섯 나물, 콩나물, 김치, 동치미, 식초, 옥수수수염차, 표고버섯 섭취(13 : 30)

오후 운동 – 뒷산 산책 120분

간식 – 단팥빵, 초콜렛, 생수

저녁 식사 – 잡곡밥, 갈비찜, 김치, 동치미, 야채쌈, 된장찌개, 고구마, 식초, 옥수수 수염차, 표고버섯 섭취(18 : 00)

식후운동 – 런닝머신 속보 1시간

혈당 체크 – 125(20 : 00)

○ 특징 – 혈당 조절 도우미 일체 없음, 운동만 함

〈실험 예〉 2000년 6월 11일

아침기상 – 05 : 18

혈당체크 – 130, 표고버섯 물 섭취

아침운동 – 학교 운동장 중속으로 걷기, 조릿대 물 섭취(07 : 00)

아침식사 – 잡곡밥, 새우두부국, 돼지고기 볶음, 쌈, 풋고추, 막장, 식초, 표고버섯물 섭취(08 : 00)

혈당체크 – 133(10 : 10)

식후운동 – 공원 산책, 아이스라떼

점심식사 –잡곡밥, 새우두부국, 돼지고기 볶음, 쌈, 풋고추, 막장, 식초, 표고버섯물 섭취(12 : 40)

오후운동 – 공원 산책

혈당체크 – 150

저녁식사 – 라면, 김치, 식초, 표고버섯 섭취(19 : 00)

혈당체크 – 122(21 : 00)

〈실험 예〉 2000년 11월 11일

아침 기상 – 04 : 30

혈당 체크 – 131, 옥수수 수염차, 표고버섯 물 섭취

아침 식사 – 쌀밥, 잡채, 김치, 오징어국, 김, 갓김치, 식초, 옥수수수염차, 표고버섯물 섭취(07 : 13)

혈당 체크 – 128(09 : 30)

드라이브 – 경주 토함산, 옛날 과자 섭취

점심 식사 –떡갈비(12 : 37)

간식 – 경주빵, 과메기, 생선회

저녁식사 – 일식(19 : 00)

야식 – 족발, 소주 2병

〈실험예〉 2001년 3월 11일

아침 기상 – 05 : 30

혈당 체크 – 139, 표고버섯, 황기차 섭취

아침 운동 – 학교 운동장 걷기,

아침 식사 – 잡곡밥, 갈치조림, 굴국, 미역나물, 김치, 식초, 표고
버섯, 황기차 섭취(07 : 15)

식후 운동 – 뒷산 산책

간식 – 빵, 과자, 캔커피

점심 식사 –잡곡밥, 갈치조림, 굴국, 미역나물, 김치, 식초, 표고
버섯물, 황기차 섭취(12 : 35)

운동 – 런닝머신 30분

혈당 체크 – 111(14 : 40)

동래온천 후 냉면

저녁식 사 – 라면, 만두, 김치, 식초, 표고버섯, 황기차 섭취(18
: 40)

간식 – 쥐포

혈당 체크 – 124(20 : 40)

취침 – 23 : 50

〈실험 예〉 2001년 10월 8일

아침 기상 – 05 : 40

혈당 체크 – 129, 표고버섯, 황기차 섭취

아침 운동 – 학교 운동장 속보 걷기

아침 식사 – 쌀밥, 콩나물국, 두부, 김치, 식초, 표고버섯, 황기
차 섭취(06 : 50)

식후 운동 – 뒷산 산책

혈당 체크 – 109(09 : 00)

운동 – 태종대 산책, 초코파이, 캔커피

점심 식사 –돈까스(12 : 20)

태종대 온천 후 칼국수

저녁 식사 – 쌀밥, 콩나물국, 김치, 식초, 표고버섯, 황기차 섭취
(18 : 20)

혈당 체크 – 120(20 : 20)

간식 – 옛날 과자

취침 – 9일 01 : 30

〈실험 예〉 2002년 2월 13일

아침 기상 – 05 : 45

혈당 체크 – 128, 표고버섯, 오미자차 섭취

아침 운동 – 학교 운동장 걷기

아침 식사 – 잡곡밥, 생대구탕, 김치, 식초, 표고버섯, 오미자차
섭취(07 : 15)

식후 운동 – 뒷산 산책

혈당 체크 – 117(09 : 20)

운동 – 런닝머신 30분

점심 식사 –잡곡밥, 생대구탕, 김치, 파김치, 식초, 표고버섯, 오미자차 섭취(13 : 15)

혈당 체크 – 128(15 : 15)

간식 – 쌀강정

저녁 식사 – 비빔국수, 김치, 식초, 표고버섯, 오미자차 섭취(18 : 20)

간식 – 과자

혈당 체크 – 135(20 : 20)

취침 – 14일 01 : 20

〈실험 예〉 2002년 5월 20일

아침 기상 – 05 : 30

혈당 체크 – 135, 표고버섯, 오미자차 섭취

아침 운동 – 뒷산 약수터

아침 식사 – 잡곡밥, 돼지 두루치기, 콩나물, 김치, 식초, 표고버섯, 오미자차 섭취(07 : 05)

식후 운동 – 동네 산책, 캔커피

혈당 체크 – 134(09 : 10)

점심 식사 –잡만두, 돼지 두루치기, 김치(13 : 10)

오후 운동 – 뒷산 산책, 캔커피

혈당 체크 – 130(15 : 10)

저녁 식사 – 잡곡밥, 콩나물, 깍두기, 두부, 미역나물, 식초, 표고버섯, 오미자차 섭취(19 : 10)

간식 – 바나나, 과자

혈당체크 - 139(21 : 10)

간식 - 사과, 바나나, 아이스바

취침 - 23 : 50

〈실험 예〉 2002년 9월 18일

아침 기상 - 05 : 20

혈당 체크 - 157, 칡차, 표고버섯 섭취

아침 운동 - 학교 운동장 조깅 60분

아침 식사 - 백미밥(보리쌀, 강낭콩), 소고기국, 삼치구이, 시금
치, 김치, 갓김치, 식초, 칡분말, 표고버섯 섭취(06 : 55)

식후운동 - 뒷산 산책, 캔커피

혈당체크 - 128(08 : 55)

점심 식사 -(백미, 보리쌀, 강낭콩), 소고기국, 시금치, 갓김치 식
초, 칡차, 표고버섯 섭취(13 : 18)

혈당 체크 - 125(15 : 20)

영화 관람, 팝콘, 햄버거

저녁 식사 - 피자, 콜라, 식초, 칡차, 표고버섯 섭취(20 : 05)

간식 - 옛날과자

야식 - 치킨, 소주 2잔

취침 - 19일 00 : 25

〈실험 예〉 2002년 12월 23일

아침 기상 - 07 : 08

혈당 체크 - 138, 칡차, 표고버섯 섭취

아침 식사 – 잡곡밥, 생태국, 명란젓, 김, 김치, 갓김치, 버섯나물, 식초, 칡분말, 표고버섯 섭취(08 : 05)

식후 운동 – 런닝머신 50분

간식 – 아이스크림

혈당 체크 – 125(10 : 10)

간식– 화과자

점심 식사 –떡국, 동치미, 식초, 칡차, 표고버섯 섭취(13 : 35)

혈당 체크 – 118(15 : 35)

간식 – 부산 어묵탕

저녁 식사 – 짬뽕, 탕수육, 고량주 1잔 식초, 칡분말, 표고버섯 섭취(17 : 30)

식후 운동 – 런닝머신 60분

혈당 체크 – 170(19 : 30)

간식 – 고구마

취침 – 24일 00 : 40

〈실험 예〉 2003년 4월 27일

아침 기상 – 04 : 15

혈당 체크 – 138, 오가피차, 표고버섯 섭취

아침 운동 – 약수터

아침 식사 – 잡곡밥, 생선국, 된장찌개, 김치, 알타리김치, 식초, 오가피분 말, 표고버섯 섭취(06 : 10)

점심 식사 – 아귀찜(12 : 10)

간식 – 호떡

국제시장 먹자골목 – 잡채, 순대

원산면옥 함흥냉면, 자갈치시장 회정식

오후운동 – 공원 산책

혈당체크 – 188(23 : 20)

〈실험 예〉 2003년 8월 8일

아침기상 – 05 : 08

혈당 체크 – 155, 오가피차, 표고버섯 섭취

아침 식사 – 쌀밥, 소고기 장조림, 물김치, 깻잎, 식초, 오가피분
말, 표고버섯 섭취(06 : 28)

간식 – 수박, 복숭아, 아이스바, 옥수수

혈당 체크 – 139(08 : 30)

점심 식사 –냉콩국수, 깻잎, 식초, 오가피분말, 표고버섯 섭취
(12 : 10)

간식 – 수박, 복숭아, 아이스바

혈당 체크 – 135(14 : 10)

간식 – 팥빙수, 빵

저녁 식사 – 쌀밥, 소고기 장조림, 물김치, 깻잎, 식초, 오가피차,
표고 버섯 섭취(19 : 30)

간식 – 참외, 포도

혈당 체크 – 129(21 : 30)

간식 – 아이스크림

취침 – 9일 00 : 40

〈실험 예〉 2003년 11월 25일

　　아침 기상 – 06 : 20

　　혈당 체크 – 145, 영지버섯차, 표고버섯 섭취

　　아침 운동 – 런닝머신 60분

　　아침 식사 – 잡곡밥, 갈비찜, 김치, 콩나물국, 두부, 식초, 영지버
　　섯차, 표고 버섯 섭취(07 : 15)

　　간식 – 라떼

　　혈당체크 – 120(09 : 20)

　　간식 – 떡, 사과

　　점심 식사 –잡곡밥, , 김치, 콩나물국, 햄, 식초, 영지버섯, 표고
　　버섯 섭취(12 : 10)

　　오후 운동 – 런닝머신 60분

　　혈당 체크 – 124(14 : 10)

　　간식 – 고구마, 한과, 홍시

　　저녁 식사 – 잡곡밥, 갈비찜, 김치, 식초, 영지버섯, 표고버섯 섭
　　취(17 : 10)

　　혈당 체크 – 129(19 : 10)

〈실험 예〉 2004년 4월 13일

　　아침 기상 – 05 : 50

　　혈당 체크 – 138, 영지버섯차, 표고버섯 섭취

　　아침 운동 – 약수터

　　아침 식사 – 잡곡밥, 생선구이, 소고기 미역국, 양배추쌈, 계란후
　　라이, 김치, 식초, 영지버섯차, 표고버섯 섭취(07 : 10)

간식 – 사과, 감말랭이

혈당 체크 – 135(09 : 10)

식후 운동 – 뒷산 산책, 캔커피, 땅콩과자

점심 식사 –잡곡밥, 소고기 미역국, 양배추쌈, 계란후라이, 김치 식초, 영지버섯차, 표고버섯 섭취(12 : 30)

간식 – 사과, 방울토마토

저녁 식사 – 잡곡밥, 양배추쌈, 김치, 식초, 영지버섯차, 표고버섯 섭취(19 : 00)

혈당 체크 – 127(20 : 30)

간식 – 라면

취침 – 23 : 45

〈실험 예〉 2005년 3월 11일

아침 기상 – 06 : 20

혈당 체크 – 143, 솔잎분말, 표고버섯 섭취

아침 운동 – 학교운동장 중속 걷기

아침 식사 – 잡곡밥, 돼지수육, 상추쌈, 콩나물, 갓김치, 식초, 솔잎분말, 표고버섯 섭취(07 : 30)

식후운동 – 약수터

혈당 체크 – 138(09 : 30)

간식 – 사과, 케익, 호박전

점심 식사 –칼국수(13 : 00)

식후 운동 – 이기대 산책

간식 – 할매팥빙수

저녁 식사 – 비빔국수, 호박전(19 : 00)

혈당 체크 – 123(21 : 00)

간식 – 호박전, 라면, 과자

〈실험 예〉 2006년 9월 25일

아침 기상 – 07 : 00

혈당 체크 – 155, 산다래나무, 표고버섯 섭취

아침 운동 – 런닝머신 30분

아침 식사 – 잡곡밥, 미역국, 두부, 김치, 양배추쌈, 풋고추, 식초, 산다래나무차, 표고버섯 섭취(08 : 10)

식후 운동 – 뒷산 산책

혈당 체크 – 210(09 : 15)

혈당 체크 – 165(10 : 10)

점심 식사 –멸치쌈밥, 커피(12 : 30)

간식 – 단팥빵, 오렌지주스, 초콜렛

저녁 식사 – 잡곡밥, 미역국, 김치, 양배추쌈(19 : 00)

혈당 체크 – 172(22 : 00)

〈실험 예〉 2007년 8월 29일

아침 기상 – 05 : 10

혈당 체크 – 139, 산국화차, 표고버섯 섭취

아침 운동 – 조깅 30분

아침 식사 – 보리밥, 갈치구이, 상추쌈, 멸치젓, 식초, 산국화차, 표고버섯 섭취(06 : 45)

간식 - 참외

혈당 체크 - 130(09 : 10)

식후 운동 - 해운대 해수욕장 및 동백섬 산책

간식 - 냉메밀국수

점심 식사 -함흥냉면, 만두(12 : 38)

간식 - 팥빙수

저녁 식사 - 삼계탕(19 : 30)

간식 - 옥수수

식초, 산국화차, 표고버섯 섭취(22 : 20)

혈당체크 - 167(23 : 20)

취침 - 30일 00 : 30

〈실험 예〉 2008년 6월 30일

아침 기상 - 05 : 40

혈당 체크 - 133, 뽕나무잎차 섭취

아침 운동 - 조깅 60분

아침 식사 - 현미잡곡밥, 오징어 초무침, 돼지수육, 시락국, 김치,
식초, 뽕나무잎차, 표고버섯 섭취(07 : 20)

식후 운동 - 공원산책

혈당 체크 - 126(09 : 20)

간식 - 비스켓, 캔커피

점심 식사 -멸치쌈밥, 식초, 뽕나무잎차, 표고버섯 섭취(12 : 40)

간식 - 사과, 포도

혈당 체크 - 128(14 : 40)

간식 – 안흥찐빵, 콜라

저녁 식사 – 현미잡곡밥, 돼지수육, 시락국, 시금치, 김치, 식초, 뽕나무 잎차, 표고버섯 섭취(18 : 20)

식후 운동 – 공원산책 60분

혈당 체크 – 109(20 : 20)

간식 – 사과, 딸기, 쥐포

취침 – 23 : 29

〈실험 예〉 2009년 1월 10일

아침기상 – 03 : 30

혈당 체크 – 145, 뽕나무잎차, 표고버섯 섭취

아침식사 – 현미잡곡밥, 된장찌개, 돼지수육, 두부, 김, 김치, 식초, 뽕나무가지분말, 표고버섯 섭취(07 : 20)

간식 – 귤, 한과, 강정

점심 식사 –현미잡곡밥, 된장찌개, 생선구이, 김, 김치, 식초, 상지차, 표고버섯 섭취(13 : 40)

간식 – 귤, 식혜

혈당 체크 – 130(15 : 40)

간식 – 고구마, 밤

운동 – 런닝머신 60분

저녁 식사 – 만두, 고구마, 김치, 식초, 상지차, 표고버섯 섭취 (17 : 20)

간식 – 고구마, 식혜

혈당 체크 – 138(19 : 20)

간식 - 라면

취침 - 23 : 20

〈실험 예〉 2009년 3월 25일

아침 기상 - 04 : 30

혈당 체크 - 118, 상실차, 표고버섯 섭취

아침 운동 - 조깅 60분

아침 식사 - 현미잡곡밥, 소고기국, 생선구이, 가지나물, 김, 김치, 식초, 상실차, 표고버섯 섭취(07 : 20)

간식 - 사과, 귤

혈당 체크 - 120(09 : 20)

운동 - 뒷산 산책

간식 - 비스켓, 캔커피

점심 식사 - 현미잡곡밥, 소고기국, 생선구이, 가지나물, 김치, 김, 식초, 상실차, 표고버섯 섭취(14 : 05)

식후 운동 - 공원산책

간식 - 귤

혈당 체크 - 137(16 : 05)

저녁 식사 - 떡국, 만두, 김치, 식초, 상실분말, 표고버섯 섭취 (19 : 30)

간식 - 사과, 과자

혈당 체크 - 135(21 : 30)

간식 - 라면

취침 - 26일 01 : 30

〈실험 예〉 2010년 5월 15일

    아침 기상 – 05 : 10

    혈당 체크 – 153, 두충껍질차, 표고버섯 섭취

    아침 운동 – 뒷산 약수터

    아침 식사 – 잡곡밥, 소고기 미역국, 생선조림, 양배추쌈, 두부,

    김치(07 : 10)

    식후 운동 – 공원산책

    혈당 체크 – 131(09 : 10)

    간식 – 사과, 포도

    점심 식사 –삼선짬뽕, 탕수육(12 : 30)

    식후 운동 – 초읍 어린이대공원 산책

    간식 – 아이스바, 스낵과자, 파전

    저녁 식사 – 햄버거 세트, 아이스크림

    간식 – 떡볶이, 순대

    식후 운동 – 공원 산책 60분

    혈당 체크 – 174(23 : 05)

    취침 – 23 : 35

〈실험 예〉 2011년 8월 7일

    아침기상 – 05 : 00

    혈당 체크 – 121, 두충잎차, 표고버섯 섭취

    아침 운동 – 저수지 왕복 80분

    아침 식사 – 백미밥, 오이냉국, 가지나물, 갈치구이, 식초, 두충

    잎차, 표고버섯 섭취(07 : 25)

식후 운동 - 수영장(09 : 00)

점심 식사 - 동태탕(11 : 40)

간식 - 팥빙수, 과자, 수박

혈당 체크 - 159(13 : 40)

간식 - 수박, 참외

저녁 식사 - 냉면, 식초, 두충잎차, 표고버섯 섭취(19 : 20)

식후 운동 - 공원산책 60분

혈당 체크 - 132(21 : 00)

간식 - 라면

취침 - 8일 00 : 35

〈실험 예〉 2012년 1월 11일

아침 기상 - 07 : 40

혈당 체크 - 142, 두릅차, 표고버섯 섭취

아침 식사 - 잡곡밥, 된장찌개, 소고기찜, 마늘장아찌, 양배추쌈, 콩나물, 식초, 두릅차, 표고버섯 섭취(08 : 10)

식후 운동 - 수영장(09 : 10)

점심 식사 - 팥갈국수, 만두, 식초, 두릅차, 표고버섯 섭취(11 : 50)

혈당 체크 - 142(13 : 50)

간식 - 고구마, 한과, 사과, 포도

저녁 식사 - 떡국, 만두, 양파장아찌, 식초, 두릅차, 표고버섯 섭취(19 : 00)

혈당 체크 - 129(21 : 00)

간식 – 라면, 과자류

〈실험 예〉 2012년 9월 30일

아침 기상 – 06 : 10

혈당 체크 – 125, 구기자열매, 표고버섯 섭취

아침 운동 – 저수지 왕복 80분

아침 식사 – 백미밥, 소고기볶음, 호박나물, 김치, 식초, 구기자
열매차, 표고버섯 섭취(07 : 25)

혈당 체크 – 122(09 : 25)

식후 운동 – 수영장(09 : 35)

점심 식사 – 백미밥, 소고기볶음, 호박나물, 김치, 식초, 구기자
열매차, 표고버섯 섭취

간식 – 케익

혈당 체크 – 132(15 : 05)

수인당 노래, 사과, 빵

저녁 식사 – 라면, 만두, 호박나물, 김치, 식초, 구기자열매, 표고
버섯 섭취(18 : 30)

간식 – 스낵류, 포도

혈당 체크 – 142(20 : 30)

간식 – 옛날과자

취침 – 10월 1일 00 : 28

〈실험 예〉 2013년 4월 15일

아침 기상 – 05 : 20

혈당 체크 - 155, 감나무잎차, 표고버섯 섭취

아침 운동 - 저수지 왕복

아침 식사 - 잡곡밥, 된장찌개, 갈치조림, 두부, 양파장아찌, 마늘
장아찌, 김, 식초, 감잎차, 표고버섯 섭취(07 : 15)

간식 - 사과

식후 운동 - 수영장(09 : 05)

점심 식사 - 추어탕

간식 - 사과, 과자

저녁 식사 - 잡곡밥, 갈치조림, 된장찌개, 마늘장아찌, 김, 식초,
감잎차, 표고버섯 섭취(19 : 10)

간식 - 오렌지, 스낵류

혈당 체크 - 169(21 : 10)

간식 - 케익, 아이스바

취침 - 11 : 30

〈실험 예〉 2013년 11월 11일

아침 기상 - 05 : 07

혈당 체크 - 126, 주목차, 표고버섯 섭취

아침 운동 - 런닝머신 90분

아침 식사 - 보리밥, 양배추쌈, 돼지수육, 두부, 김치, 포도주 1
잔, 식초, 주목차, 표고버섯 섭취(07 : 15)

혈당 체크 - 129(09 : 10)

식후 운동 - 수영장(09 : 20)

점심 식사 - 양식

간식 – 커피, 빵, 소주, 돼지고기 볶음

수인당 노래, 케익, 치킨, 소주 2잔

야식 – 국수, 소주 3병

취침 – 12일 00 : 40

〈실험 예〉 2011년 2월 5일

아침 기상 – 05 : 20

혈당 체크 – 121, 부평초차, 표고버섯 섭취

아침 운동 – 저수지 왕복 80분

아침 식사 – 잡곡밥, 소고기 미역국, 김치, 식초, 부평초차, 표고

버섯 섭취(06 : 50)

식후 운동 – 수영장(09 : 15)

점심 식사 – 동태탕(12 : 05)

간식 – 커피, 귤, 옛날과자

혈당 체크 – 125(14 : 05)

간식 – 라면, 계란, 만두, 김치, 와인 1잔

혈당 체크 – 230(21 : 35)

〈실험 예〉 2014년 10월 25일

설악동

아침 기상 – 07 : 25

아침 식사 – 식당

천불동 계곡 – 소청 – 신흥가 – 설악온천

간식 – 샌드위치, 김밥, 과일주스, 사탕, 비스켓, 빵, 오이

저녁식사 - 아바이순대

야식 - 생선회, 소주 2병

〈실험 예〉 2014년 10월 29일

아침 기상 - 08 : 15

혈당 체크 - 260

여행 - 24~28일, 식초와 표고버섯 미섭취

〈실험 예〉 2015년 5월 3일

아침 기상 - 05 : 30

혈당 체크 - 159, 창출차, 표고버섯 섭취

아침 운동 - 저수지 왕복 75분

아침 식사 - 잡곡밥, 콩나물국, 생선구이, 시금치나물, 계란후라이, 김치, 식초, 창출차, 표고버섯 섭취(07 : 20)

식후 운동 - 수영장(09 : 00)

혈당 체크 - 126(09 : 28)

점심 식사 - 돼지갈비

간식 - 찐빵, 콜라

저녁 식사 - 잡곡밥, 김치찌개, 삼치구이, 시금치나물, 김치, 식초, 창출차, 표고버섯 섭취(19 : 20)

간식 - 케익, 바나나

혈당 체크 - 140(21 : 00)

〈실험 예〉 2015년 11월 11일

아침 기상 - 05 : 10

혈당 체크 - 131, 선화차, 표고버섯 섭취

아침 식사 - 나물비빔밥, 햄, 깍두기, 김, 식초, 선화차, 표고버섯 섭취(07 : 15)

식후 운동 - 수영장(08 : 50)

혈당 체크 - 125(09 : 25)

점심 식사 - 양념돼지갈비(12 : 25)

간식 - 커피, 빵

저녁 식사 - 나주곰탕, 수육, 소주 1병

수인당 노래, 케익, 과일

취침 - 12일 00 : 50

〈실험 예〉 2016년 7월 3일

아침 기상 - 05 : 25

혈당 체크 - 122, 인동넝쿨차, 표고버섯 섭취

아침 운동 - 저수지 왕복 80분

아침 식사 - 백미밥, 풋고추, 된장, 식초, 인동넝쿨차, 표고버섯 섭취(07 : 12)

식후 운동 - 수영장(09 : 00)

혈당 체크 - 119(09 : 20)

점심 식사 - 함흥냉면, 돼지수육, 식초, 인동넝쿨차, 표고버섯 섭취(11 : 50)

간식 - 아이스크림

저녁 식사 - 호박죽, 식초, 인동넝쿨차, 표고버섯 섭취(20 : 10)

간식 – 수박, 옛날과자

혈당체크 – 138(22 : 10)

간식 – 아이스크림, 샌드위치

〈실험 예〉 2017년 9월 10일

아침 기상 – 06 : 10

혈당 체크 – 133, 지모차, 표고버섯 섭취

아침 운동 – 저수지 왕복 80분

아침 식사 – 잡곡밥, 오징어 무침, 미역국, 갓김치, 파래무침, 식초, 지모차, 표고버섯 섭취(07 : 10)

간식 – 믹스드 주스(야쿠르트, 햄프씨드, 카카오닙스, 히비스커스)

식후 운동 – 수영장(09 : 00)

혈당 체크 – 131(09 : 30)

점심 식사 – 추어탕, 탁주 1사발, 도토리묵, 식초, 지모차, 표고버섯 섭취(11 : 50)

간식 – 비스켓

혈당체크 – 135(14 : 00)

저녁 식사 – 카레밥, 김치, 식초, 지모차, 표고버섯 섭취(18 : 30)

간식 – 사과

혈당 체크 – 157(20 : 30)

간식 – 전병

취침 – 11 : 45

〈실험 예〉 2018년 9월 2일

　　아침 기상 – 05 : 10

　　혈당 체크 – 122, 표고버섯 섭취

　　아침 식사 – 잡곡밥, 소고기 미역국, 깻잎, 생선구이, 채소쌈, 식
　　초, 표고버섯 섭취(07 : 27)

　　간식 – 믹스드주스(야쿠르트, 햄프씨드 카카오닙스, 히비스커스)

　　식후운동 – 수영장(09 : 07)

　　혈당 체크 – 139(09 : 30)

　　점심 식사 – 장어탕, 식초, 표고버섯 섭취(11 : 50)

　　간식 – 케익, 호박죽

　　혈당 체크 – 133(14 : 00)

　　저녁 식사 – 잡곡밥, 소고기 미역국, 깻잎조림, 생선구이, 식초,
　　표고버섯 섭취(19 : 20)

　　간식 – 포도, 바나나

　　혈당 체크 – 127(20 : 00)

　　간식 – 냉면, 화과자

　　취침 – 3일 01 : 25

〈실험 예〉 2018년 9월 3일

　　아침 기상 – 07 : 30

　　혈당 체크 – 128, 표고버섯 섭취

　　수영장 – 휴일

이상의 기록들은 20년 동안 실험한 기록의 분량이 방대하여 그중 평

균 정도의 내용만 1년 단위로 선별한 것이다. 내가 20년의 실험을 통해
당뇨환자에게 당당히 말할 수 있는 것은

① 당뇨 환자는 당뇨로부터 "해방"을
  − 어떤 해방, 먹고 싶은 대로 먹을 수 있는 해방
② 심혈관 질환자 등 혈관과 혈액에 의한 질병의 환자는
  − 치료와 회복과 관리에 자신감을
③ 70억 인구에 당당하게 말할 수 있는 것은 혈관과 혈액에 의한
  질병의
  − 예방과 치료와 관리에 식초를 먹고 자신감을 가져라.

9. 식초의 효능

식초는 자연이 준 최고의 물이다. 식초는 초산, 구연산, 아미노산, 호박산 등 60여 종의 유기산을 포함하고 있어, 체내 흡수를 도와주는 촉진제 역할을 한다. 그리고 나는 식초에 밝혀지지 않은 신비의 힘이 작용한다고 믿는다.

○ 아미노산이 많아 비만을 예방하고

○ 콜레스테롤을 저하시키며

○ 지방간을 막는 작용을 한다.

○ 산소와 헤모글로빈의 친화력을 높여 뇌에 충분한 산소를 공급해 머리를 맑게 하고 기억력을 증진시킨다.

○ 세포의 노화를 막고

○ 뼈를 튼튼하게 하고

○ 타액과 위액의 분비를 도와 소화 흡수를 돕는 등 그 효능이 다양하다.

그리고 식초는

○ 몸의 각종 독소 해독에 탁월하고

○ 몸의 정화 작용 또한 탁월하며

○ 혈액순환 촉진, 식용증진, 성장촉진, 당 대사 촉진, 면역력 증강, 지혈 작용

○ 피를 맑게 하고

○ 혈액의 생성을 도우며

○ 빈혈 개선

○ 심혈관 질환 예방 및 치료, 관리에 도움이 되고

○ 당뇨 환자의 혈당조절

○ 체력 증진

○ 혈액 및 혈관을 깨끗하게 하여

○ 노안 예방 및 회복에 도움이 된다.

특히 식초는

○ 산성화된 몸을

○ 중화시키는 작용이 탁월하여

○ 녹(산성화)슬어가는 우리 몸을

○ 깨끗이 세척한다.

○ 즉, 녹슨 몸을 깨끗한 몸으로 정화한다.

비유하자면

○ 녹을 제거하고

○ 닦고

○ 조이고

○ 기름칠 하여

○ 반짝반짝 빛나는 새 제품 같이

○ 재생시키는 최고의 기술자다.

○ 녹슨 몸을 깨끗한 몸으로 만드는 황금이다.

10. 식초를 먹으면

○ 개인의 건강 상태에 따라 차이가 있지만
○ 아주 빠른 사람은 1주일이 지나면서부터
○ 또는 개인의 상태에 따라
○ 효과의 실체 중 일부인
  – 피로가 점점 줄어감을 느낄 수 있고
  – 소화가 잘 되며
  – 몸 속 가스 배출이 잘 되고
  – 쾌변하며
  – 숙면에 도움이 되고
  – 몸이 가벼워지고
  – 신체의 유연성이 좋아지고
  – 시력이 회복되어 감을 알 수가 있다.
  – 지구력이 좋아지고
  – 특히 당뇨환자는 혈당 조절에 도움이 되고
  – 심혈관 질환자에게도 많은 도움이 되고
  – 회춘의 명약이요
  – 장수의 명약이다.

※ 시력이란 단어가 나오니 나도 잠시 눈을 쉬게 해야겠다. 2018년 6월부터 현재까지 원고를 작성하느라 눈을 혹사시켜 내 눈에게 미안함도 있고, 마침 KBS 가요무대에서 "부산의 노래"를 모아 방송하니, 노

래가 내 귀와 가슴에 울려 퍼져 글을 잠시 쉬고 내가 살던 부산으로 노래따라, 또 노래에 젖어 아련하게 추억을 향해 달려본다. 지금같이 태양이 뜨거운 여름 해운대의 푸른 젊음과 낭만, 달 밝은 백사장을 돌아 동백섬을 걷는 맛! 광안대교의 멋진 야경을 벗 삼아 한 잔 술의 맛과 멋. 태종대 절벽에 서서 대마도를 보는 역사적인 느낌. 이기대, 청사포, 송정, 송도해수욕장,용두산공원, 부산타워, 자갈치시장, 영도대교, 남포동, 광복동, 금정산, 범어사 등의 추억과 그리움이 파노라마처럼 펼쳐진다. 그리움과 추억이 묻어있는 곳으로 건강한 발걸음을 남기면 더욱 행복해지리라. 부산에 최소한 3달에 한 번 병원갈 때 들르곤 하지만 내가 해남에 온 목적이 다 이루어지고, 또한 해남과의 인연이 다했다 싶으면 언젠가는 부산에 더 가까이 갈 때가 있지 않을까. 그리고 내 나머지 삶의 인연이 해남이라면 지금처럼 좋은 인연의 사람들과 행복한 삶을 이어갈 것이다. 사임당의 "귀심가"를 흥얼거려 본다. 이제 다시 마음 추스려 글을 이어가고자 한다.

여기서 주목할 것은, 당뇨 환자는
   ○ 식초를 본인에게 맞는 복용 단계를 숙지하고
   ○ 본격적으로 복용을 시작하면서부터는
   ○ 먹고 싶은 것을 마음껏 먹으면서 당뇨를 관리할 수 있다.
   ○ 육체적으로 나타나는 신체의 변화를 기류로 하여
   ○ 정신적으로도 당뇨와 건강에 대한 자신감으로 이어져
   ○ 정신적, 육체적으로 건강해져 가는 자신의 변화에서
   ○ 삶의 아름다움을 넓게, 높게, 깊게 만들어가는 삶의 활력소가 된다.

○ 여기서 식초가 건강에 얼마나 탁월하게 좋은지 비교한다면

○ 인삼도 체질에 맞게 먹어야 효과가 있고

○ 홍삼도 체질에 맞게 먹어야 효과가 있고

○ 녹용도 체질에 맞게 먹어야 효과가 있는 것처럼

○ 어떤 보약이든 체질에 맞게 먹어야 하고

○ 장복을 하지 않는 것이 좋다.

식초는

○ 어떤 체질이건

○ 어떤 질병이건

○ 계속해서 먹을수록 효과가 증가하고

○ 어떠한 체질, 건강 상태라도 효과가 있다.

○ 식초는 독성이 전혀 없다.

○ 하여 식초는 완전한 만병통치약이다.

11. 어떤 식초를 먹을까

옛날 선조들이 만들어 먹었던 부뚜막 초병을 생각하여

- ○ 천연 발효 식초를 먹어라.
- ○ 발효 식초를 먹어라.
- ○ 양조 식초(합성식초)는 복용을 삼가라.
- ○ 양조 식초도 효과가 없다는 것은 아니다.
- ○ 양조 식초도 건강에 도움이 된다.
- ○ 혈당 조절에도 도움이 된다.
- ○ 체력 증진에도 도움이 된다.
- ○ 다만 발효작용과 각종 미네랄, 영양소가 없거나 아주 미미하다
  는 것이다.
- ○ 그리고 합성 첨가물이 들어가 있다는 것이다.
- ○ 나도 양조 식초로 실험을 했었다.
- ○ 천연 발효 식초도 너무나 다양하고
- ○ 숙성의 기간, 다양한 재료, 생산 환경의 차이 등이 각기 달라 어
  떤 것이 좋다고 콕 집어 말하기가 어렵다.

- ○ 가능하면 3년 이상 발효 숙성된 제품을 먹도록 하라
  - − 식초는 가격이 비싸다고 하여
  - − 건강에 미치는 효능이 좋다고 말할 수 없다.
  - − 과일 엑기스나 각종 약초, 각종 식물로 만든 엑기스 등으로 만든

식초의 경우, 당뇨 환자는 가능하면 복용을 삼가야 한다.

– 항간에서 설탕으로 만든 각종 엑기스를 3년 이상 숙성시키면 설탕 성분이 없어지고 몸에 좋다고들 한다.

– 낙동강에 낚시를 드리우고 곰 낚을 생각을 하는 것과 같다.

– 설탕은 어떻게 해도 설탕이다.

– 당뇨 환자는 당이 없는 식초를 먹어야 한다.

– 당 성분을 기피해야 하는 사람이 아니면 어떤 식초를 먹든 상관이 없다.

– 천연 발효 식초는 산도가 PH4~10까지는 개인의 기호에 따라 어떤 것을 먹건 상관이 없다.

○ 특별히 식도 질환자, 구강 질환자, 위장 질환자 등 치료약을 복용 중인 사람은 음용을 주의해야 한다.

○ 당뇨 환자는 식초의 산도 문제로 먹기가 힘들면 스테비아를 타서 먹어라.

○ 일반인들도 산도 문제로 먹기가 힘들면 꿀이나 각종 엑기스 등으로 알맞게 조절하여 먹으면 된다.

○ 가능하면 공복의 복용을 금하라.

○ 가능하면 식후 1시간 내로 복용하는 것을 원칙으로 하라.

○ 먼 여행이건 가까운 여행이건 식초를 소지하고 다녀라.

○ 복용 후에는 생수(당뇨 환자), 주스(비당뇨 환자) 등으로 치아와 식도 보호를 위해 입을 씻어 삼키도록 하라.

○ 잘 실천할 경우

○ 약 3개월이 지나면서부터는

○ 자기의 복용 단계에서 하루 중 1~2회를 빼먹어도 당장 건강상의 문제가 발생하지 않는다.

○ 왜냐하면

　– 식초 복용 전의 산성 체질이 중화되고

　– 독소, 중금속, 각종 공해 물질, 미세 먼지 등이 몸에서 배출되어

　– 혈관과 혈액과 몸이 건강상태로 호전되어 가면서

　– 몸의 면역력, 자생력의 증강으로

　– 본인 스스로가 건강한 체질로 변해 간다는 것을 감지할 수 있다.

　– 가끔 여러 가지 사유로 2~3일 복용을 하지 않았다고 하여

　– 건강의 수레는 관성의 법칙으로 인해 당장 멈추지 않는다.

그렇다고

○ 마음이 해이해지거나

○ 나름 식초 복용에 대해 조금 안다고 하여

○ 선무당이 사람 잡는다고

○ 본인의 복용 단계를 무시하거나

○ 수시로 이탈하는 상습범이 되어서는 안된다.

○ 바늘 도둑이 소 도둑 된다는 말처럼

○ 자기가 어떤 행동을 하는지 점점 깨닫지 못하기 때문이다.

○ 그리고 인간은 먹어야 생명을 유지할 수 있는 데

○ 먹는 것은 꼬박꼬박 잘 챙기면서

○ 자기 복용의 원칙에서 이탈행위가 지나치게 반복되다 보면

○ 윤활유가 줄어 건강 상태가 삐걱거림을 느끼게 된다.

○ 문제는 청소를 게을리하거나 아예 하지 않으면 예전의 몸으로 돌아간다는 것이다.

○ 즉, 몸에 독소가 다시 늘어나게 되고, 혈관과 혈액이 나빠지면서

○ 각 장기의 기능이 약해져 몸이 다시 조금씩 녹슬어 간다는 것이다.

○ 진정으로 건강한 삶을 원한다면 지체 없이 자기의 복용 단계로 돌아가야 한다.

○ 당뇨 환자가 생활 중에서 제일 힘든 것은 마음대로 먹을 수 없는 것과 체력이 떨어져 건강이 악화된다는 것이다.

식초와 표고버섯이 먹는 것으로부터 해방의 자유를 주는 명약이니 당신의 생명수라고 굳게 믿어야 한다.

○ 식초를 3개월 이상 복용하다 보면

○ 본인이 언제, 얼마나 먹으면 되는지를 조절하는 능력이 생기게 되고, 또한 건강 상태도 알 수 있다.

○ 당뇨 환자는 가능하면 현미 식초를 먹어라. 삼락자의 충언이다.

○ 그리고 삶이 건강해야 하는 이유는

　① 부부 중 누군가가 병마와 싸우고 있다면

　② 본인의 고통과 불행은 차치하더라도

　③ 그 상대의 행복을 망가트리고, 정신적, 육체적 고통을 주며

　④ 내 사랑하는 아이들에게도 고통과 불행을 주게 된다.

　⑤ 부부로서, 부모로서 이것은

　⑥ 결코 해서는 안 되는 일이지 않은가.

○ 진실로 아내를, 남편을 사랑한다면

  – 당신의 건강으로 인하여 상대를 통곡하게 하지 마라.

○ 진실로 자식들을 사랑한다면

  – 당신의 건강으로 인하여 자식들 가슴에 대못을 박지 마라.

○ 부처님 앞에 이 이치도 모르면서 가면 무얼 하나. 백날 간들 무슨 소용이 있겠는가.

12. 0.3% 버리고 살아라—정신적 건강과 육체적 건강과 아름다운 삶을 위하여

○ 정신 건강, 육체 건강을 위한 최고의 보약이다.

○ 건강한 삶, 아름다운 삶을 위한 최고의 스승이다.

○ 당뇨 환자, 심혈관 질환자에게 특히 이로운 보약이 된다.

○ 식초를 백날 먹으면 무슨 소용이 있겠는가, 0.3%도 버리고 살지 않으면

○ 오래 전 전 세계의 유명한 석학들이 연구를 했는데

○ 70억 인구 중

　－ 내가 제일 잘났고

　－ 나보다 더 잘난 사람 없고

　－ 내가 제일 유식하고

　－ 내 말은 옳은 주장이고 남말은 궤변이고, 말이 안 통한다 하고

　－ 내가 말을 바꾸는 것은 이유가 있어서이고

　－ 남이 하는 말이나 행동은 그른 것이고

　－ 자기가 못나고, 자기가 안되는 것은 부모, 조상, 환경 등 남탓이고

　－ 내가 그 자리에 있으면 내가 훨씬 잘할텐데

　－ 남이 하는 것은 못마땅하고

　－ 사람을 같은 존귀한 존재로 볼 줄 모르고

　－ 자기 못난 기준을 남을 제 눈높이에 맞추어 재단하고

　－ 시기, 질투, 아부, 허세, 허풍, 위선, 공갈, 협박 등에 이골이 났

고

- 자기 계급장 믿고 갑질하고
- 공과 사의 구분도 없이 돈만 보면 탐욕을 부리고
- 자기 눈에 자기보다 낮게 보이면 하인 부리듯 막 대하고
- 하다못해 옛적 동내 구장 똘마니쯤 될라치면 갑자기 정치, 경제, 사회, 문화, 예술, 역사, 외교, 보건, 복지, 행정 등의 대식견가가 되어
- 하늘 높고, 땅 넓고, 바다 깊은 줄도 모르면서 세상에서 제일 잘난 이가 된다.
- 나는 못하거나 모르는 것이 하나도 없고
- 남이 하는 것은 죄다 마음에 안 들고

○ 어찌 되었건 이런 작자가
○ 목에 깁스하고
○ 어깨에 힘 주고, 허리에는 철 복대를 하여
○ 머리, 어깨, 허리 굽힐 줄을 모르니
○ 진정한 인간미가 뭔지도 모르고
○ 둘만 모이면 서로 잘난 맛에 욱하고 싸우고
○ 참 보시가 뭔지도 모르고
○ 참 사랑이 뭔지도 모르고
○ 사찰 일주문을 바쁘게 들락날락 거리고도
○ 평소에 책 한 권도 읽지 않아 인품을 쌓고, 인격을 참되게 다져가는 것이 어떤 것인지도 모른 채
○ 정신 건강은 썩어 악취가 나는지도 모르고

○ 몸뚱이만 아무 탈 없으면 장땡이고

○ 사촌이 땅 사면 배가 아프고

○ 같은 떡을 사는 속담도

　- 우리는 아제비 떡도 싸야 사먹는다이고

　- 중국은 아제비 떡은 5리를 가서라도 사먹는다이다.

○ 참나눔의, 참사랑의 가슴 따뜻한 삶이 뭔지도 모르면서

○ 그저 나밖에 모르는 종족을 찾아보니 백두산 아래 단군의 후손인
　백의민족 뿐이라고 발표가 났다.

○ 정신 바짝 차리고 사는 사람이나

○ 정신줄 놓고 사는 사람이나 이 속에서 섞여 살다보면

○ 정신 건강이나

○ 육체 건강 둘 다

○ "열" 안 받고 살 사람 어디 있겠냐만은

　- 0.3%, 그놈, 나 잘났다만 버리고 살면

　- 극락이고 천당인데

○ 0.3% 버리고 살라고 이야기하는 것은

○ 나는 이 책을 육체 건강과 정신 건강에 대해 함께 꾸려 가기로 분
　명히 밝혔기에

○ 정신 건강과

○ 육체 건강의 상호보완 작용이

○ 상승해서 건강한 삶을 꽃피우라는 데 있다.

백의민족이 가지고 있는 가장 나쁜 '나' 라는 욕심은

○ 남을 존귀한 생명으로 사랑할 줄 아는

- 겸손과
- 배려와
- 평등과
- 이해와
- 양보의

아름다움을 인정하고 받아들일 줄 모르기 때문에 인품을 쌓아가는 마음의 훈련과는 거리가 먼 "나"라는 아집에만 싸여 삶과 생명의 진실된 아름다움을 모르기 때문이다. 하여 어떤 일에서건 내가 아니면 열받게 되고, 또 나라는 놈으로 무장된 작자들로부터 아름답고, 순수하고, 정직하고, 자기 일에 열심인 사람들이 폭력을 당하면 가슴 터지는 열만 받아 벙어리 냉가슴 앓듯 마음에 상처를 받게 되면

○ 열을 받으면 뇌가 극도로 긴장하게 되고, 혈압이 올라
○ 정신, 육체 건강에 치명적 해악을 받게 된다.
○ 정신적으로 열을 받아 극도의 흥분에 도달하게 되면
○ 심장 발작 내지 심정지가 오고
○ 마음의 평정심을 잃게 되어
○ 혼란과 분노와 자제력의 조절이 되지 않아
○ 폭력성, 야만성이 분출되기도 하고
○ 그로 인해 육체적, 정신적으로 모든 신체 조직이 비상사태에 빠지는 극도의 긴장 상태가 되어
○ 질병의 침입을 막을 저항력, 면역력, 자생력 등의 비상 호출로 인해

○ 전투력 감소로 이어져 자칫 큰 병을 얻을 수 있다는 데 있다.

○ 또한 "죽을 수도" 있다는 것이다.

○ 0.3%, 즉 나라는 놈을 버리지 못하고 보배인 양 마음에 품고

○ 시도 때도 없이 욱하다가는

○ 식초, 표고버섯을 매일 먹어도 헛일이다.

○ 그리고 열불을 한 번 두 번 자꾸 쌓아가다 보면

○ 즉 열 천불을 받으면

○ 바로 "축 사망"인 것이다.

○ 죽고 나서 식초가 무슨 소용이랴.

○ 정신 건강이 얼마나 중요한가 하면

○ 정신 건강의 마지노선인 참을 인자가 무너지면

○ 삶과 죽음의 경계가 불감당인 것이다.

○ "나"라는 아집과 집착이 꽉 찬 썩은 마음 창고의 빗장을 열어라.

○ 자신을 진실로 사랑하는 진정한 사람이라면 썩은 창고를 청소하라.

○ 그리하여 잊고 있던 진정한 자신을 찾아라.

 – 얼마 전 대한민국을 흔들어 놓은 사례다.

 – 119 구급대원 여자 분이 세상을 떠났다.

 – 술 취한 응급 환자란 놈이 119 구급대원의 얼굴을 때렸다.

 – 술 취해 비틀대는 놈한테 몇 대 맞았다고

 – 대한민국 공무원이

 – 당당한 소방대원, 119 구급대원이

 – 그까짓 몇 대로 죽을 만큼 허술치 않다.

 – 그런데 왜 운명하셨을까?

 – 열천불을 쌓고쌓고 참고참고 하다

- 인간으로서의 한계인 그 분의 세상 물들지 않은 깨끗하고 청정한 정신과 삶에
- 참을 인의 마지노선이 무너진 것이다.
- 나의 정제되지 않은 "나(아집)"라는 놈 때문에
- 자신도 정신적으로 건강한 삶이 되지 못하고
- 남에게도 돌이킬 수 없는 상처를 주게 하는
- "나" 라는 아집을 버려라.
- 극락 또한 거기에 있는 것이다.
- 진심으로 그 분의 명복을 빈다.
- 스트레스, 훈민정음 말로 열천불
- 모든 질병의 원인 중 갑인 놈이
- 스트레스이다.

이 세상에서 오직 하나뿐인 가장 존귀한 나라는 존재를 별 것 아닌 "나(아집)" 라는 놈 때문에

○ 마음과 몸을 병들게 하여
○ 오직 하나뿐인 나는 언제 아름다운 삶의 꽃을 피울까?
○ 나로 인하여 남이 열 받게 해서는 안되며
○ 나도 남으로부터 열 받지 않으려면
○ 0.3% 버리고 살아라.
○ 향기로운 삶, 아름다운 삶, 행복한 삶은 거기에 있는 것이다.

이참에 열 받는 이야기 한 편 하고 갈 터이니 깊은 뜻 있음을 아시길.

13. 키 큰 시어머니와 키 작은 며느리

어느 어촌에 키가 크기로 이름난 아주머니가 며느리를 보았는데 그 어촌에서 키가 제일 작았다. 시어머니가 아침에 한 말은 저녁이 되어서야 며느리 귀에 도달하고, 며느리의 대답은 다음날 아침이 되어서야 시어머니 귀에 도달하니, 말이 오가는 동안 시누이, 시동생, 시고모, 시이모, 사촌동서, 동네 아낙 등등의 쓸데없는 잡소리들이 섞이고 뒤죽박죽 되어 오가니, 그렇지 않아도 작달막한 며느리가 밉고 짜증나는 그 심사에 잡탕까지 섞이니 둘의 관계가 좋을 리가 있겠는가. 찌그러진 장독에 정화수 떠놓고 며느리가 "천지신명님이시여! 구름 한 점 없는, 칠흙 같이 어두운 그믐밤에 별이 유달리 총총한 날, 시아버지와 지아비가 외박을 하게 해 주세요"라고 빌었다. 천지신명이 소원을 들어주셨는지 그믐날 저녁에 시아버지가 어느 동네 초상집에 간다고 가고, 지아비 또한 누구네 초상집에 간다고 가고 보니 동네가 조용히 잠든 한밤중에 며느리가 손바닥만한 마당에 나와 섰다.

"야아 하늘에 빌(별) 좀 봐라, 우째 이리 빌이 총총하노? 히야! 동태 하늘에도 빌이 다 났네!" 며느리가 벌이는 작당에 시어머니가 방문을 확 열고는 "야! 이년아 동태 하늘에도 빌나지 빌 안난다 카드나~ 콩 알만한기 되바라지 갖고, 씰데없는 헛소리하지 말고 드가가 디비지 자라!" "히아! 나는 동태하늘 빌은 동태사는 키 큰년이 다 따묵고 없는 줄 알았는데 키 큰년이 안주(아직)까지 다 안따묵었는가베!"

'베'소리와 동시에 뻑 하는 소리가 났다. 열천불 받아 "축 사망"하였는기라. 키 큰 시어머니가...

14. 표고버섯을 먹어라

표고버섯을 먹어라. 모든 버섯이 사람에게 다 유익하지만 특히 표고
버섯은 비타민D를 많이 함유하고 있으며, 조혈 효과를 가지고 있다.
내가 주장하는 당뇨, 심혈관 질환의 예방 치료, 관리는

- 혈관과 혈액을 튼튼히 하는 데 있다.
- 바로 거기에 맞게 비타민 B2와 혈액 대사를 돕는 성분을 다량
  함유하고 있어
- 당뇨 환자, 심혈관 질환자, 일반인 모두가 음용하면 건강을 지키
  는데 있어
- 식초와 함께 표고버섯이 최고라고 말할 수 있다. 표고버섯은 모
  든 이에게 어떠한 해로움도 없이 건강에 아주 유익한 것이다.

우리들이 평소에 알고 있는 표고버섯은 우리들이 일반적으로 몸에
좋은 것이라고만 알고 있는 것과는 다르게 너무도 월등한 존재임을
20년의 체험을 통해 알게 되었다.
각종 영양소가 풍부한 것 외에 비타민D가 그 어떤 식품보다 풍부하
고, 햇볕에 자연 건조를 하게 되면 각종 영양소와 비타민 D가 몇 배로
증가된다는 것이다. 우리에게는 우리 것이 좋은 것이라는 말이 무색하
게 각종 외국 버섯들이 여기에 좋다 저기에 좋다고 하여 거액의 가격
에도 그저 만병수 내지는 불로초인 양 마구 먹고들 있지만 사실은 어
느 한쪽은 그 성분이 많아 좋을지 몰라도

- 신체 어느 곳, 어느 경락이던 빠짐없이 두루 영향을 미쳐 건강을
  챙겨주는
- 우리에게는 우리 것이 좋은 것이여
- 바로 표고버섯인 것이다.
- 특히 당뇨 환자에게는

○ 혈당조절에 큰 작용을 하고
○ 부작용이 없다는 것이다.
○ 표고버섯은 각종 질병의 예방, 치료, 관리에 아주 탁월한 효능을
  발휘하기 때문에 언제나 음료로 하여 먹기를 권한다. 생표고버섯
  은 수분이 그다지 많지 않아 아무 곳에서나 태양건조가 매우 쉽다.
○ 생표고버섯 5kg을 편으로 썰어 베란다 또는 돗자리를 이용하여
  볕이 잘 드는 곳 어디서든 말리는 데 하루면 충분하다. 앞서 말한
  것처럼 각종 영양소를 섭취하기 위해서는 열 건조 제품보다 태양
  건조 제품을 권한다.
○ 어지간한 질병 쯤은
○ 표고버섯차 상용으로 예방과 치료와 관리를 할 수 있다.
○ 실제 해본 내가, 지금도 하고 있는 내가 자신 있게 권하는 건강식
  품이다.
○ 식초와 함께.

15. 표고버섯의 효능

○ 비타민D와 조혈 효과를 가지고 있다.

○ 비타민B2와 혈액의 대사를 돕는 성분을 다량 함유하고 있다.

○ 표고버섯의 비타민은 칼슘의 흡수를 잘 되게 하여 뼈나 치아를 튼튼하게 한다.

○ 복부 비만에도 효과

○ 혈관계 질환, 혈압 강하

○ 면역력 증진, 암 예방 및 치료

○ 빈혈 치료

○ 소화 불량 등 위장 질환에 탁월한 효과

○ 특히 표고버섯이 모든 음식들 중에서 콜레스테롤을 낮추는 효능이 1등이다.

○ 표고버섯은 어떤 식재료와의 궁합에도 잘 맞는다.

○ 식초와 표고버섯을 함께 복용하면

○ 건강에 미치는 효과가 극대화된다.

해남 5일장에는 표고버섯이 성시를 이루고 옆 동네 장흥에서는 소득 작물로 대단한 인기다. 때문에 여기 와서 마음 놓고 표고버섯을 가지고 실험을 할 수 있었다.

○ 내가 체험한 결과는

○ 머리가 맑아지고

○ 소화가 잘 되고

○ 피로가 줄어들고

○ 혈당 조절에 큰 도움이 되고

○ 몸에 활기가 솟는다.

○ 식초와의 궁합이 찰떡이고

○ 구입도 용이하고

○ 가격도 대중적이어서

○ 언제나 함께 하여 건강을 지키기 바란다.

16. 어떤 기준으로 달일까

○ 1차 : 건조 버섯(태양 건조)을 약 30g(가볍게 한 움큼)을 4L의 물에 센 불로 달이다 끓으면 바로 끈다.

○ 2차 : 1차로 끓인 차를 다 먹으면 1차에 끓인 표고버섯에 4L의 물을 다시 붓고 센 불에 달이다 끓으면 아주 약불로 하여 약 10~15분 더 달인다.

○ 3차 : 1차와 2차에서 달였던 표고버섯을 망에 싸서 넣고 1차와 같이 달인다.

○ 다시 1차 : 3차까지 사용한 표고버섯은 버리고 다시 반복한다. 계속 이런 식으로 반복하면 된다.

○ 생산자 열 건조 상품
 - 1차에서 40~50g을 사용한다.
 - 끓이는 방법은 태양자연건조 방법과 동일하다.

○ 너무 많은 양의 표고버섯을 넣어
○ 농도를 진하게 하여 먹으면 더 빨리 효과를 보지 않을까 하는 과용은 부리지 않는 것이 좋다.
○ 간에 무리가 갈 수 있기 때문이다.

○ 무슨 일이든 과한 것은 생각도 말고 하지도 마라.

○ "과"는 화를 꼭 부르기 때문이다.

○ "과"는 깨끗하고 맑은 심성을 처참하게 깔아 뭉개기도 한다.

○ 삶에서 어떤 것이건 "과"를 하지마라. 효도와 가족 사랑과 보시
  와 사랑 외에는.

○ 과욕은 삶이 거칠고 윤기가 없고 삭막하여 메마른 사람이 되어
  가느니라.

○ "과"는 청정한 마음에 탐욕을 불러와 0.3%에 찌들게 해 분별력
  을 잃게 한다.

내가 모든 이들에게 당당히 말할 수 있는 것은

○ 첫째, 식초를 먹어라.

○ 둘째, 표고버섯을 먹어라.

○ 이것을 알리기 위해 20년의 실험에서 찾은 "보배"를 먹으라는 것
  이다.

○ 의사나 약사나 건강 박사 등등의 사람들이 이 책을 보고 믿지 않
  겠지만

○ 내가 그들에게 할 수 있는 말은

○ "니가 해봤나?"

○ 내가 존경하는 분 중의 한 분인 정주영 왕회장님의 "니가 해봤
  나?"이 말은 내가 가장 좋아하는 말 중에 하나다.

○ 누구든 나에게 "니가 해봤나?" 물으면

○ 나는 자신 있게 "그래 해봤다"

○ 그리고 "20년째 해 오고 있다"

○ 그리고 "나는 지구를 떠날 때까지 쭈욱 할끼다."

○ 독자 여러분이, 또 누구든

○ 내 말이 실감이 나지 않으면

○ 밑져야 본전이라고 한번 먹어보라.

○ 먹어보고 실감이 나면 그때는 책이 시키는 대로 실천하도록 하라.

○ 현 시대에 나와 함께 지구 여행 중인 당신은

○ 분명 많은 복을 받고 태어난 사람이다.

○ 인류가 삶을 시작한 때부터 지금까지

○ 누구도 해보지 못했던 일을 20년을 몸 바쳐 혼신으로 빚어낸

○ 식초 및 표고버섯의 건강 활용법을

○ 손가락 하나 까딱 않고 편안히 앉아서

○ 단돈 책값에 보석을 갖게 되니 말이다.

○ 불교 신자 분들은 부처님께 고마워하고

○ 기독교인들은 하나님께 고마워하고

○ 다른 분들은 할아버지, 할머니, 아버지, 어머니 등 조상분 들께 고마워하라.

○ 그렇게 하는 것이

○ 참 삶의 근본이기 때문이며

○ 정신적, 육체적으로 건강한 삶, 행복한 삶의 샘물이기 때문이다.

○ 마지막으로

○ 건강에는 왕도가 없다.

○ 오직 식초와 표고버섯이 있을 뿐이다.

17. 운동

    체계적이고 지속적인 운동은 체력을 증진시키고 건강을 유지하는데 중요한 자산이 된다. 이렇게 훌륭한 자산을 어떻게 활용하여 나에게 가장 효과적이고 실리적인 값진 보배로 만들 것인가를 생각하여야 한다. 특히 어떤 종류이건 질환을 갖고 있는 경우에는 현재의 자기 체력과 건강 상태를 분석하여 거기에 맞는 운동을 선택하여 꾸준히 실행해야 한다. 운동의 효과는 대단한 것이어서 유·무형의 가치를 다 기술하기보다 당뇨인에 있어 꼭 필요하고 직접적으로 혈당 조절에 도움이 되는 이야기만 하기로 한다. 규칙적인 운동은 심장기능을 강하게 하며, 심폐 기능의 증진, 순환기계 기능증진, 관상동맥질환, 혈전의 예방과 치료 등에 효과적이며, 비만과 그로 인한 각종 질환의 예방, 당뇨인의 혈당조절작용, 합병증의 예방 및 피로 등등, 그 장점은 머리 끝에서 발 끝까지 미치지 않는 곳이 없다고 보면 옳다. 운동은 언제나 건강한 젊음을 유지하는 데 가장 효과적인 보약이다. 노화 방지에도 큰 효과가 있으므로 젊고 건강하게 살려면 운동을 하라, 가장 좋은 건강한 젊음의 유지와 회춘의 보약은 운동 뿐이다.

당뇨인에 있어서 운동은

○ 건강한 삶을 보장하고
○ 혈당 조절의 고민으로부터 해방이 되는
○ 최고의 치료약이다.

18. 당뇨환자의 운동

운동 요법

　모든 사람에게 있어 운동은 앞에서 기술한 바와 같이 그 영향의 미침은 대단한 것이다. 특히 당뇨인에게 미치는 영향은 참으로 대단한 것이어서 내가 체험한 바로는 이 운동 요법만으로도 어지간한 당뇨인은 당뇨 약을 먹지 않고도 혈당을 정상에 가깝게 조절 및 유지할 수 있다. 나는 내가 개발한 운동 요법만으로도 당뇨 약을 먹지 않고 혈당조절을 쉽게 하여 일상에 조금도 불편함이 없이 건강하게 생활하고 있다. 내 체험의 모든 것이 당뇨인의 건강 생활에 큰 힘이 되리라 믿는다.

당뇨 환자에 있어 운동은

○ 상태에 따라서는 당뇨 약을 먹지 않아도 된다.
○ 혈당 조절에 직접적인 작용을 한다.
○ 공복감을 느끼지 않는다.
○ 무기력감, 피로감을 느끼지 않는다.
○ 각종 합병증을 방지한다.
○ 혈행을 원활히 하여 기와 혈을 도우며 정(精)을 도와 체력을 증진
　시킨다.
○ 최고의 보약인 동시에 최고의 정력제이다.
○ 자생력 강화와 면역력 증진에 큰 효과가 있다.

19. 운동을 시작함에 있어

(1) 30분 이상 하는 운동
(2) 30분 이내로 하는 운동

으로 구분할 수 있다. 나는 (1)과 (2)를 구분하여 실험을 했고, 지금도 그렇게 실천하고 있다. 이 운동만으로도 혈당 조절을 쉽게 할 수 있다.

(1) 30분 이상 하는 운동

이 운동은 일생 동안 실천할 수 있을 때까지 해야 하는 운동이다. 앞에서 이야기한 바와 같이 건강에 미치는 영향은 대단한 것이어서 가능하면 실천하길 바란다. 이 운동을 시작함에 있어 가능하면 자기 건강 상태와 취미에 가까운 정도, 애정이 가는 운동인가를 고려해야 한다. 나는 몸 자체의 힘, 즉 자생력에 대해 대단한 믿음을 갖고 있으며, 그 자생력의 왕성한 활동으로 고장난 내 몸을 수리하고자 하는 심근경색, 당뇨 환자이다. 바로 이 자생력을 강하게 만드는 데 운동보다 더 좋은 처방은 없다고 나는 믿는다. 당뇨인 당신도 당신의 자생력을 믿고 자생력이 강해지게 노력하여 건강한 생활인이 되어라.

- 이 운동은 근육 강화 운동의 효과도 함께 볼 수 있으며
- 앞에서 이야기한 운동의 장점을 그대로 얻게 되며
- 규칙적이고 지속적인 운동으로 하여 최고의 불로장생 약을 섭취

하는 것이다.

〈보기〉 등산, 조깅, 달리기, 수영, 자전거, 볼링, 축구, 배트민턴, 탁구 등

〈실험 예〉 2001년 3월 22일

점심 식사 - 잡곡밥, 소고기 미역국, 오이무침, 게맛살, 김치, 김, 식초, 표고버섯 섭취(13 : 20)

식후 운동 - 약수터 왕복 100분

도착 - 15 : 10분, 식초, 표고버섯 섭취

혈당 체크 - 98

이 운동을 실천함에 있어

○ 일주일에 3일 이상을 하라.

○ 가능하면 식후 1시간 후 시작하여 혈당 조절에 바로 효과가 연결될 수 있도록 하면 좋다.

○ 이 운동이 30분 정도 하는 운동과 연결되게 하면 혈당조절에 큰 효과를 볼 수 있다.

이 운동을 하면

○ 당뇨약을 복용치 않고도 혈당이 정상에 가깝게 조절 · 유지될 수 있다.

○ 식후 2시간이 지나면서 혈당이 높아지는 현상이 현저히 저하된다.

○ 체력과 자생력 증진에 도움이 된다.

○ 공복감, 무기력감, 피로감이 없어진다.

이 운동을 하면서 당뇨인의 종합건강편에 나오는

① 눈 건강법

② 발 건강법

③ 호흡 건강법

④ 단전 두드리기

⑤ 항문 수축 운동

등의 병행으로 건강 증진에 더 큰 상승 효과를 볼 수 있다.

혈당 조절의 비결(30분 이상 하는 운동)

○ 식후 2시간이 되기 전, 즉 40분 전에 최소한 40분 이상 운동이 되게 하라.

○ 식후 2시간 안에 마칠 수 있도록 시간을 맞추어야 한다.

－ 런닝머신(속보), 줄넘기, 달리기, 춤추기 등의 강한 유산소 운동.

(2) 30분 정도 하는 운동

○ 식후 1시간 20~30분 정도 지나서 하라.

○ 혈당조절에 제일 효과가 좋은 시간은 식후 1시간 20~30분부터 하는 운동이다. 그리고 가능하면 2시간 안에 마치는 것이다.

○ 이 운동은 가장 짧은 시간에 강한 운동량의 효과를 통해 혈당치를 낮추는 데 목적이 있는 바, 가능하면 매 식후에 실행해야 한다.

○ 이 운동은 30분 이상 하는 운동과 연계해서 하는 방법도 있다. 그것은 본인의 상황과 여건에 따라 얼마든지 조절하면 된다.

○ 이 운동은 가벼운 마음으로 치료약이라는 생각으로 하면 실천하기 쉽다.

이 운동을 하면

○ 당뇨 약을 복용치 않고도 당뇨인의 상태와 운동의 지속 상태에 따라서 혈당 조절이 정상 내지는 정상에 가깝게 된다.

○ 식후 2시간이 지나면서 혈당이 높아지는 현상이 현저히 저하된다.

○ 이 운동도 근육 강화 운동의 효과가 있다.

이 운동을 하면서

○ 식초와 표고버섯 요법을 병행하면

○ 혈당 조절에 큰 효과가 있어 당뇨 약을 복용하지 않아도 되며

○ 식후 2시간이 지나면서 혈당이 올라가지 않거나 미미하며

○ 체력 회복과 자생력 증진에 도움이 되며

○ 공복감, 무기력감, 피로감이 없어진다.

이 운동을 런닝머신을 기준으로 잡으면 5~10km의 속도로 2~3km 정도의 거리를 간 정도이며, 2~30분 정도의 운동 시간에 100~180kcal의 소모량에 해당되는 운동이다.

○ 30분 정도 하는 운동(혈당조절용 운동)

① 서서 하는 혈당 조절 운동(허벅지와 장단지 근육강화)

- 기마 자세로 서서 두 무릎을 의자 자세로 굽혔다 폈다 하는 동시에 양팔을 앞뒤로 흔든다.

- 무릎을 굽히는 정도는 본인의 건강과 체력에 맞게 조절한다.

- 허리는 곧게 펴고 눈은 정면을 본다(눈 운동법을 동시에).

- 이마에 땀이 솟고 가슴에 땀이 느껴질 정도를 기준으로 하면 된다.

- 팔은 힘차게 흔든다.

- 운동의 강약에 따라 시간을 10분에서 30분 내외로 한다.

- 이 운동은 당뇨 환자 뿐만 아니라 모두에게 굉장히 유익한 운동이다.

- 이 운동으로

   ⓐ 허벅지 근육과 장단지 근육이 발달하여

   ⓑ 혈액 순환에서 하체 혈액 순환이 원활하지 못한 것을 이 운동이

   ⓒ 혈액의 약 70%를 허벅지 근육과 장단지 근육의 수축에 의해

   ⓓ 심장으로 강하게 밀어 올려준다.

- 이 운동만으로도 근육 강화 운동을 충분히 할 수 있다.
- 이 운동은 정력을 강하게 하는 데 효과가 있다(항문 수축 운동을 동시에).
- 이 운동은 장소 불문하고 언제든 할 수 있는
- 건강 운동 중 최고의 운동이다.
- 이 운동의 변형만 내가 해 본 바로는 약 30여 가지의 형태가 있다.
- 당뇨인, 일반인 스스로의 체형에 맞게 노력하여 응용하면 된다.

② 앉아서 하는 혈당 조절 운동
- 책상다리로 하건 발을 펴건 편하게 앉아 두 팔을 태권도 하듯 뻗었다 오므렸다를 반복한다.
- 팔을 내지르고 오므릴 때 손바닥을 위아래로 뒤집어 가면서 하면 더욱 효과적이다.
- 운동은 강약에 따라 시간을 10~30분까지 조절한다.
- 만약 맨손으로 하기 허전하면 자기 체력에 맞는 아령을 들고 하면 근육 발달과 신체 발달로 이어진다.
- 이 운동은 의자에 앉아서도 할 수 있다.
- 이 운동도 이마에 땀이 솟고 가슴에 땀이 느껴질 정도를 기준으로 하면 된다.

③ 누워서 하는 혈당 조절 운동
- 편하게 누워 두 발을 들고 자전거 타듯이 페달을 밟는다.

- 이때 두 팔도 같이 움직이면 더욱 효과적이다.
- 힘이 들면 두 팔은 몸을 지탱해도 된다.
- 두 발을 이용하기에 무리가 가면 쉬었다 하고, 성급히 처음부
  터 무리하지 않는다.
- 두 발과 두 팔을 번갈아 가면서 해도 된다.
- 이 운동도 하체 근육 발달에 아주 유익한 운동이다.
- 두 발과 두 팔을 움직여 하는 운동도 그 변형이 수십 가지 형
  태로 나뉜다.
- 이 운동 역시 본인의 건강에 맞게 조절한다.
- 이 운동은 장을 튼튼하게 하는 데 도움이 된다.
- 이 운동은 무릎 강화에 도움이 된다.
- 이 운동은 변비 해소에 도움이 된다.
- 이 운동은 하체 근육 발달에 도움이 된다.
- 이 운동의 강약에 따라 시간을 10~30분 정도로 조절한다.
- 이 운동도 이마에 땀이 솟고 가슴에 땀이 느껴질 정도를 기준
  으로 삼는다.
- 이 운동도 얼마든지 응용하여 자기에 맞게 변형하여 실천할
  수 있다.

이상으로 서서 하는 혈당 조절 운동, 앉아서 하는 혈당 조절 운동, 누워서 하는 혈당조절운동을 소개하였다. 이 3가지의 운동은 각각 수십 가지의 형태로 할 수 있는 자세가 있고 수십 가지의 변형 자세도 있으니 당뇨인 스스로에 맞게 응용하여 하라.

어떤 건강 운동을 하건, 어떠한 직업을 가지고 일을 하건 식초와 표고버섯을 수시로 섭취하라.

○ 자기가 하루에 마시는 생수의 양을 정하라.
○ 하루에 마실 생수 또는 표고버섯물의 정량에 식초를 더해 본인이 마시기 좋은 상태로 만들면 된다.
○ 하루에 마시는 생수+식초는 가능하면 2L가 되게 하라.
○ 하루에 마실 생수 정량을 표고버섯 삶은 물로 대체하면 건강 증진에 큰 효과가 있다.
○ 여기에 식초를 더하여 마시기 좋은 상태로 만들어 꾸준히 먹으면 불로장수, 무병장수, 행복 대박, 청춘 대박, 인생 대박이다.

〈실험 예〉 2002년 4월 7일

아침 기상 – 06 : 00
혈당 체크 – 121, 표고버섯물 섭취
아침 식사 – 잡곡밥, 된장국, 돼지수육, 채소쌈, 두부
혈당 체크 – 297(10 : 10)
식후 운동 – 런닝머신 6.3Km 속도로 30분 3km 거리, 175kcal
소모(10 : 30 시작)
혈당 체크 – 95(11 : 10)
혈당 체크 – 113(13 : 10)

〈실험 예〉 2003년 9월 10일

아침 기상 – 06 : 30

혈당 체크 – 149, 표고버섯물 섭취

아침 식사 – 카레밥, 소고기 장조림, 김치, 식초와 표고버섯물 섭취(07 : 10)

간식 – 바나나우유

식후 운동 – 런닝머신 6.3Km 속도로 30분 3km 거리, 175kcal 소모

혈당 체크 – 93(09 : 10)

혈당 체크 – 103(10 : 10)

취침 – 23 : 25

〈실험 예〉 2007년 2월 20일

아침 기상 – 06 : 40

혈당 체크 – 155, 표고버섯물, 솔잎분말 섭취

아침 식사 – 쌀밥, 갈치조림, 콩나물국, 두부, 김치, 갓김치, 식초, 표고버섯물, 솔잎분말 섭취(07 : 15)

식후 운동 – 런닝머신 20분 3km 거리

간식 – 오렌지쥬스, 도너츠

혈당 체크 – 127(09 : 10)

간식 – 고구마, 우유, 옛날과자

점심 식사 – 아구찜(13 : 10)

간식 – 라떼, 호떡

저녁 식사 – 라면, 순대, 어묵, 식초, 표고버섯물, 솔잎분말 섭취(17 : 25)

간식 – 순대, 어묵

혈당 체크 - 118(19 : 25)

간식 - 사과, 귤

취침 - 21일 01 : 30

이상의 운동 요법에 관한 기록은 내 스스로 생각나는 대로 익혀 실천하고 조절한 것을 그대로 옮겨 놓은 것이다. 막연히 언제쯤 운동을 하면 좋다가 아니라, 내가 한 실험에서는 정확히 이상에서 설명한 바와 같이 그대로 한 것이다. 이상의 3가지 운동을 참고하여 본인의 건강상태, 체력의 조건, 그리고 몸의 유연성에 맞게 변형 또는 응용 개발하여 실천하면 혈당조절의 어려움에서 자유로울 수 있을 것이다. 앞서 당뇨를 친구로 삼으라고 말했듯이 당뇨는 당신의 건강을 챙겨주는 진정한, 당신의 영원한 친구이다. 당신에게 절제와 인내와 실천이 진정 뭔가를 깨닫게 해주는 친구가 아닌가. 나의 경험과 실험과 실천의 내용을 보충하여 기술하고자 하니 여러분의 건강 생활에 도움이 되길 바란다.

○ 운동을 너무 어려워 마라

운동이라고 하면 꼭 메이커 운동복을 입고 스포츠센터와 같은 체육시설 또는 수영장 등 별도의 어떠한 장소에서만 하는 것인 줄 아는데 문제가 있다. 운동은 움직이는 것이다. 몸을 움직이면 된다. 장소가 어디건 내가 하는 방식의 운동을 잠시 잠깐, 또는 조금이라도 했다 싶으면 된다. 특히 지형지물을 잘 이용하면 된다. 당뇨인에게 있어 운동은 생명 그 자체이다. 언제, 어디에서든 틈만 나면 하라.

○ 움직이는 것, 그것이 운동이다.

내 몸을 어떻게 움직여 혈당을 조절하는 데 효과를 많이 볼 수 있느냐가 당뇨인의 선결 과제이다. 초등학교 때 배운 체조도 좋고, 움직임 자체가 운동이라고 생각하고 온 몸을 흔들건, 비비건, 두 팔과 두 다리를 움직여라. 신나는 노래를 틀어놓고 디스코든, 막춤이든, 개다리춤이든 어떤 춤이든 신나게 한바탕 춤을 춰도 혈당조절이 된다. 당신이 지금 있는 그 자리가 바로 스포츠센터 이다.

○ 운동과 식사와 혈당

본인이 집에서 하는 식사를 평균으로 기준하여 양은 얼마나, 반찬 내용은, 운동 했을 때 등의 혈당 수치가 어느 정도 되며, 식사량의 변화, 반찬의 변화에 따른 혈당 수치의 차이 등을 어느 정도 숙지하고 있어야 한다.

내가 여기서 하는 이야기는 어떤 물질 몇 그램, 칼로리가 얼마인가 하는 것을 면밀히 알고 혈당 수치의 변화에 대해 파악하라는 것이 아니다. 각 가정마다 음식 문화가 다르고 식단의 차림에는 그 가정의 흐름이 있다. 그 흐름을 알고, 흐름의 변화에 대한 당뇨인의 혈당 관계를 본인이 대략 알고 있으면 좋다는 것이다. 외식을 할 기회가 있을 때, 내집 식단의 평균에 중점을 두고 외식을 하면 한결 마음이 편하고 혈당관리에도 도움이 된다.

〈보기〉

줄넘기, 제자리 뛰기, 계단 오르내리기, 제자리 달리기, 달리기, 춤등 근육과 신체조직에 무리나 이상이 없는 운동이면 어떤 형태의 변형이든 관계없다.

○ 과와 급을 피하라

운동 요법을 실행해 보고 자신도 놀라 신나는 마음에 단숨에 많이 하면 더욱 좋은 효과를 보지 않을까 하는 어리석은 행동은 하지마라. 오히려 건강을 해칠 수 있다. 개인에 따라서는 저혈당이 올 수 있다. 세상살이 중 어떤 경우든 "과"하고 "급"하면 화가 따르기 마련이다. 넘쳐서 좋을 것은 하나도 없다.

　－ 따뜻한 마음

　－ 아름다운 마음

　－ 향기로운 마음

　－ 사랑이 가득한 마음

　－ 나눔을 아는 마음

외에는 넘쳐서 좋을 것이 없다. 넘쳐서 좋을 것과 넘쳐서 좋지 않을 것을 우리들은 바꾸어서 사는, 병든 환자이기도 하다. 운동으로 정신, 육체 건강을 찾아 삶의 목표에 대한 열정과 믿음을 갖고 살자. 아름답고 건강한 삶은 거기에 있는 것이다.

〈당뇨 환자의 건강을 쥐락펴락하는 왕초 운동〉

　－ 허벅지 운동과

　－ 장단지 운동을

　－ 전 운동의 중심에 두라

　이유는

- 재차 피력하지만
- 하체 혈액의 70%를
- 허벅지와 장단지의 근육 작용으로
- 혈액을 심장에 강하게 올려주어
- 혈액 순환이 힘차고 활발하여
- 산소와 영양 공급을 골고루 하여
- 건강이 "왔다" 가 된다.

20. 식초의 음용 방법

○ 식초와 생수를 1:3~5의 비율로 희석하여 복용한다.

○ 산도 조절은 본인에 맞게 조절한다.

○ 본인이 만들어 놓은 "시작1"부터 단계별로 적응 상태와 몸의 변화를 관찰하여 단계를 올려야 한다.

○ 어떤 경우에도 시작과 단계를 지키지 않고 경험과 지식 없이 자기 마음대로 마구 올려서는 안된다.

시작 1

○ 1단계 : 식초 30g(cc) + 생수(식초의 3~4배)=1일1회

○ 1단계를 3일~7일간 음용한다.

　개인의 건강상태에 따라 음용 날짜를 가감해도 된다.

○ 2단계 = 식초 40g(cc) + 생수(1단계와 동일)

○ 3단계 = 식초 50g(cc) + 생수(1단계와 동일)

○ 4단계 = 식초 60g(cc) + 생수(1일1회 또는 2회로 나누어 음용)

○ 5단계 =식초 70g(cc) + 생수(1일1회 또는 2회로 나누어 음용)

○ 6단계 =식초 80g(cc) + 생수(1일1회 또는 2회로 나누어 음용)

○ 7단계 =식초 90g(cc) + 생수(1일1회 또는 2회로 나누어 음용)

○ 8단계 =식초 100g(cc) + 생수(1일1회 또는 2회로 나누어 음용)

○시작1에서 1~8단계까지는 나누어 먹든 1회에 전량을 먹든 개인의 적응도에 따라 음용할수 있음.

시작 2

○ 1단계 = 식초 60g(cc)+생수(시작1에서 처럼 개인의 취향과 적
응도에 따라 : 쥬스류 과일 엑기스 등등을 타서 먹으면 된다.)

 ※ 단 : 당뇨환자+당분 섭취를 금하는 질병자는 생수 또는 표고
버섯 물에 희석하여 복용해야 함.

○ 2단계 = 식초 80g(cc) + 생수(1단계와 동일)

○ 3단계 = 식초 100g(cc) + 생수(1단계와 동일)

○ 4단계 = 식초 120g(cc) + 생수(1단계와 동일)

○ 5단계 = 식초 140g(cc) + 생수(1단계와 동일)

○ 6단계 = 식초 160g(cc) + 생수(1단계와 동일)

○ 7단계 = 식초 180g(cc) + 생수(1단계와 동일)

○ 8단계 = 식초 200g(cc) + 생수(1단계와 동일)

21. 식초 복용 시 꼭 지켜야 할 내용

○ 누구든 꼭 시작 1의 1단계부터 시작해야 한다.

○ 매 단계의 복용은 건강 상태에 따라 3일 7일까지로 하고

○ 건강 상태, 즉 체력의 향상 상태에 따라 단계의 복용 기일을 조절해도 된다.

○ 여기서 특히 중요한 것은 식초 복용 후 이전의 몸 상태보다 건상 상태가 좋아진 기분이 든다고 하여 그 단계가 자신의 적정선이라고 생각하면 안 된다.

○ 그리고 만에 하나 몸이 적응이 안 되거나, 부작용이나, 체질과 궁합이 맞지 않다고 느끼면 복용을 중단해야 한다.

○ 식초를 복용하기 시작함과 동시에 먹고 싶은 대로 마구 먹어서는 안 된다.

○ 왜냐하면 자신의 건강 상태에 맞는 단계를 정확하게 인지한 상태에 도달하지 못하였고

○ 또 몸이 정화되기 시작한 상태에서 적의 폭탄이 마구 터진다면 막강한 식초 군사도 감당할 수 없다.

○ 내가 세심하게 주의를 당부하는 것은

○ 내가 20년의 실험을 하면서 겪어온 길이기 때문이다.

○ 성급하게 서두르지 마라.

○ 그리고 복용에 욕심을 내지 마라.

○ 모든 일에는 순서와 절차, 순리가 있는 법이다.

○ 당신의 삶에서 어떠한 일에서도 순서와 절차, 순리를 지혜롭게 지켜 성공한 삶을 만들도록 하라.

22. 식초 복용의 적정선 – 즉 나에게 맞는 단계는 어떻게 알 수 있나

○ 개인의 건강 상태와 습생이 제각각 다르기 때문에 일률적으로 적용하기는 어렵다.

○ 중요한 것은 내 몸을 정화시키고, 독소, 공해와 미세 먼지 등을 배출하고

○ 혈관과 혈액을 튼튼하고 맑게 하려면 개인에 따라 적정한 단계가 있다.

○ 빠르면 1단계가 적정선일 수도 있다. 어떠한 단계가 되면 본인이 알 수 있다.

○ 그때가 되면 본인처럼 마음대로 먹고 싶은 대로 먹을 수 있다.

○ 태초부터 지금까지 전 인류가 개인의 신체 상태에 따라

　– 몸을 정화하고

　– 각종 독소를 배출하고

　– 각종 공해와 미세 먼지도 배출하고

　– 혈관을 깨끗하고 튼튼하게 하고

　– 혈액을 깨끗하게 하여

○ 혈관과 혈액에 의한 모든 질병의 예방과 치료와 관리를 할 수 있는, 그리하여

○ 건강한 몸을, 왕성한 신체를, 지칠 줄 모르는 체력을, 청춘의 활력을 누리게 하는

○ 식초의 복용 적정선을

○ 스스로에게 한 실험으로

○ 명명백백하게

○ 밝힌 사람은 아무도 없다.

 – 오직 본인만이 자기가 당뇨 환자, 심근경색 환자이면서 20년
의 세월 동안 자기 몸을 대상으로 한

○ 실험을 통해

○ 인간 최초로 이룩한 업적이다.

 – 한 시대에 지구 여행을 함께 하면서 본인이 쓴 건강책을 볼 수
있는 당신은 행운이고, 행복 그 자체다.

23. 적정선, 즉 단계는 어떻게 알 수 있나

○ 적정선, 즉 단계는 어떻게 알수 있나 : 어느 단계에 가면

– 자신의 건강상태가 아주 미미하지만(개인의 차이가 있음) 좋아짐을 느낄수 있다.

– 피로가 줄어들고 몸에 조금씩 기운이 솟아남을 느낄수 있다. (자신의 기초체력)

– 지금까지 느껴보지 못했던 몸시 약한, 표현하기 어려운 냄개사 입에서 난다.

– 시궁창 냄새같은 아주 고약한 냄사가 목으로부터 입까지 난다.

– 그렇다고 걱정하지 마시라.

– 그 단계가 당신의 몸속을 정화할때 나오는 각종 독소 공해물질 미세먼지 등등이_ 해로운 물질들이 배출되는 냄새인 것이다.

○ 그 단계가 당신의 식초복용 적정선이다.

○그 적정선을 무조건 지켜야 한다는 것은 아니다.

○생활중 개인의 건강 상태에 따라 적정선을 넘어 식초 복용양을 늘려도 무방하다.

○ 그렇다고 그 단계의 적정선을 낮게 하여 적게 먹어서는 효과가 적어진다.

○ 단계의 적정선은 꼭 지켜야 한다. 그 적정선이 "건강 손익 분기 점"이란 것을 알아야 한다.

○ 여기서 분명하게 알아야 할것은

- 기초체력이 되살아 남을 알수 있다.
- 짧게는 1개월 부터 최소 "10년"은 건강 나이를 되돌릴 수 있
다는 것을 믿고 식초 복용을 게을리 하지 말라.

-식초 복용은
ㅇ 당뇨환자
ㅇ 심뇌혈관질환자 등에서만 효력이 있다는 것이 아니다.
ㅇ 남녀노소
ㅇ 건강한 사람, 허약한 사람
ㅇ 각종질병이 있는 사람, 없는 사람
ㅇ 누구든 자신의 건강을 지키고
ㅇ 10년(최소)회춘과 무병장수를 원한다면 식초를 먹어라. 그리고
개인의 건강상태에 따라서 식초 복용을 1일 200g(cc)~300g(cc)
까지는 먹어야 좋다.

24. 쌀눈을 먹어라

이것의 효능은 아주 막강하여 우리 몸의 건강을 유지하고 생명을 지키는 필수품이다. 이것 때문에 생명을 영위할 수 있고 노동을 할 수 있는 힘의 원천이기 때문에 인간은 역사를 이어 살아가고 있다. 하지만 도정하는 과정에서 생명의 핵인 쌀눈이 소실되어 건강에 많은 손실을 입고 있다.

특히 당뇨 환자와 심혈관 질환자들에겐

○ 혈당 조절
○ 혈압 조절
○ 성인병 예방
○ 지방 감소
○ 콜레스테롤 감소
○ 피부 노화 방지
○ 두뇌 발달
○ 성장 호르몬 분비 자극
○ 근육생성
○ 뇌혈류 개선으로 스트레스(열받음) 완화 등의 효능이 있다.

25. 종합 건강식

– 자기 질환에 도움이 되는 식단을 짜라 –

본래 인간은 산과 들, 강이나 바다에서 나는 동물과 식물, 해초류 등을 날것으로 먹다가(이것이 생식의 원조다) 불의 발견으로 익혀 먹는 방법을 알게 되고, 그 맛의 오묘함에 젖어 각종 요리의 발전으로 이어졌다(이것이 화식이다). 오늘날 식용으로나 약용으로나 이용해온 먹거리 중에서 내 체질과 질병에 가장 부합하여 내 건강과 질병에 크게 도움이 되는 식단을 만들라는 것이다.

특히 당뇨 환자는

○ 혈당 조절에 도움이 되고
○ 혈당이 급속도로 오르는 것을 막아주는 효능이 있고
○ 인슐린 생성을 촉진하는 효과가 있고
○ 면역력 증진에 도움이 되고
○ 공복감을 느끼지 않으며
○ 궁합이 잘 맞는 재료들로 하여 본인의 식단표를 짜면 된다.

※ 종합건강식 편이므로 여기서 우리들의 식단 구성과 건강에 대해 짚고 가야할 이야기를 하고자 한다.

○ 근간에 우리들의 삶이 풍요로워지면서 건강에 대한 관심도 대단

히 높아지고 있다. 많은 사람들이 건강에 대해 말하고 건강 관리에 열심인데, 본인의 눈과 귀에는 119 구급차와 싸이렌 소리만 들리는 것 같다. 서구식 주방과 식탁이 우리를 병들게 하고 있기 때문이다. 우리가 언제부터 커피와 샌드위치로 아침 식사를 하였으며, 소고기는 마블링이 많은 것을 최고라 하였던가? 삼백(설탕, 조미료, 밀가루)은 몸을 망친다고 하면서, 아이들의 먹거리에는 삼백이 엄청나게 들어간 제품이 다수이다.

소금을 줄이라 하니 너무 싱겁게 먹고는 심장병 등으로 죽겠다고 아우성이고, 짜게 먹으면 큰일 난다고 경고하면서도 소금 덩어리인 라면 소비량은 세계 수위를 다툰다. 저녁 식사 후 야식을 삼가라고 하면서도 야식 업소는 그리도 많다. 방송국에서 다루는 건강 프로그램은 홍수를 이루고, 그것도 모자라 의사들까지 동원되어 의대 강의실 분위기를 만들고, 어지간한 사람은 죄다 허준의 수제자쯤 되는 것 같다. 일일이 지적하면 속이 뒤집어질 것 같아 이쯤 하는데, 전국의 대학병원, 유명한 대형병원뿐 아니라 내가 살고 있는 해남만 해도 고작 인구 7만도 안 되는 도시에 종합병원과 대형병원이 여러 개이며 그 외에도 내과, 외과, 치과, 피부과, 안과, 한방병원, 정형외과 등의 개인병원이 셀 수도 없이 많다.

그럼에도 불구하고 각 병원마다 문전성시인 것을 보면 보건 정책이 잘못된 것인지, 유독 우리 국민들이 각 질병에 잘 걸리는 것인지 알 수 없지만, 내가 보기에는 대대로 이어 내려오는 우리의 풍토와 체질에 맞는 음식 문화가 빠른 속도로 잘못된 방향으로 변질되어 가고 있어서인 것으로 보인다. 인체의 구조적으로 우리는 서양인들과 다르다. 장의 길이, 각종 장기의 용량, 골격, 근육량, 체격, 피부색, 생활습관, 생활방식 및 환경, 감정, 생각, 이해, 표현, 느낌, 행동 하나하나까지 모두 다르다. 예를 들어 우리는 수저로 식사하지만 서양인들은 칼과 포크로, 우리는 좌식으로 음식을 먹지만 서양인들은 입식으로 식사한다. 이러한 차이가 있으므로 서양인들의 기준에 맞추어 생활하는 것이 잘못된 것이다. 본디 우리 민족은 김치 담고(배추, 무, 총각, 알타리, 갓 등), 된장 담고(콩, 보리 등), 고추장 담고, 젓갈 담고(멸치, 새우, 전어 등), 막장 담고, 장아찌 담고, 소고기 요리(불고기, 갈비, 수육, 육회, 각종 탕 등), 돼지고기 요리(갈비, 수육, 족발, 삼겹살, 순대 등), 생선(구이, 찜, 조림, 국 등), 채소(쌈, 나물, 국, 겉절이 등), 곡류(쌀밥, 보리밥, 수수밥, 무밥, 버섯밥, 콩나물밥 등), 디저트(식혜, 수정과 등 각종 다과) 등의 다양한 음식문화를 가졌다. 세계적으로도 유례를 찾기 힘들 정도로 독보적인 음식 문화를 가진 우리가 어느 날부터 서구인들의 음식문화에 빠지면서 우리의 몸과 건강이 받는 고통과 스트레스는 이루 말할 수 없이 깊어졌다. 덕분에 전국의 병원과 약국들이 우리들의 금쪽같은 돈을 싹쓸이 하고 있는 것이다.

여기서 여러분에게 신신당부하고자 하는 것은 식초와 표고버섯을 먹으라는 것이다. 여러분의 금쪽 같은 돈과 황금 같은 가정을 지키려면 안경상이 시키는 대로, 행복한 삶을 지키려면 식초와 표고버섯을 먹어라.

1) 현미, 잡곡식을 하라

현미에는 생명의 힘, 씨눈이 있어 비타민A, B1, B2, B6, B12, C, E 등과 각종 미네랄 등 풍부한 유효 성분이 들어 있는 생명 영양의 보고다. 그리고 각종 잡곡 역시 비타민과 섬유질이 풍부하며, 특히 당뇨인에게 좋은 섬유질은 혈당의 상승을 완만하게 하는 작용을 한다. 기초 체력을 튼튼하게 하고 혈관, 심장 계통의 강화와 개선에도 효과가 있으며, 성인병 및 만성질환의 예방과 치유에 도움이 된다. 체질 개선에도 큰 도움이 된다. 그리고 배아(씨눈)에는 생명의 힘이 있다. 소우주의 힘이 있고, 자연의 힘이 있다. 우리는 여기에 관심을 가져 우리가 스스로 망쳐놓은 생명의 힘, 소우주의 힘, 자연의 힘을 충전하는 데 이 자재들을 사용하여 도움을 얻자.

현미 잡곡밥의 효과

○ 살아있는 각종 영양소를 섭취하여 건강 증진에 활력이 된다.

○ 당뇨인에 특히 좋은 비타민 C, E와 섬유질을 많이 섭취할 수 있다.

○ 혈당 조절에 큰 효과가 있다.

○ 혈당이 급격히 상승하지 않게 도와준다.

○ 체질 개선에 도움이 된다.

○ 면역력, 저항력 증강에 효과적이다.

○ 강정효과가 있다.

○ 노폐물 등 각종 유해 물질 배출 작용이 있다.

○ 성인병, 만성질환 예방과 치료에 효과적이다.

○ 노화 예방, 각종 질환 예방과 치료에 효과가 있다.

○ 당뇨 환자의 공복감 해소에 도움이 된다.

○ 피로감, 무기력감 감소에 효과가 있다.

○ 체력 강화에 도움이 된다.

○ 자생력 증진에 효과가 있다.

○ 기와 혈과 정의 흐름을 맑게 한다.

2) 영양 간편식 I – 당뇨인과 일반인 모두에게–

내가 당뇨 환자이기 전부터 우리 집에서는 특별한 곡물가루를 만들어 두고 언제나 필요할 때 이용하는 영양 간편식이 있다. 나는 어린 시절부터 지금까지 육류를 소화하는 기능이 약해 육류는 꼭꼭 씹어 잘게 해서 먹지 않으면 꼭 탈이 났다. 게다가 심하면 며칠만 앓는 것이 아니라 한 달도 간다. 전생에 내가 소였는지 채소는 없어서 못 먹는다. 어머님께서 만들어 주시는 영양 간편식은 언제나 나에게 큰 도움이 되어왔다. 내가 당뇨 환자가 되고나서 이 영양 간편식이 나의 건강 체력식이 될 줄 어찌 짐작이나 했겠는가. 당뇨 환자 여러분의 건강에 도움이 될 것 같아 내용을 소개한다. 일반 가정에서도 재료의 차이가 있을 뿐 많이 이용하고들 있을 것이다.

○ 만드는 방법과 재료
  – 곡류 : 현미, 율무, 보리, 통밀, 조, 수수, 옥수수
  – 콩류 : 대두, 흑태, 속청, 팥, 녹두, 강낭콩, 땅콩
  – 깨 종류 : 검은깨, 흰깨, 들깨
  – 연근, 대추, 산마, 하수오, 오미자

○ 모든 재료는 동일한 양으로 한다. 단 연근만은 배로 한다.
○ 땅콩은 찌고, 말리고, 볶는다.
○ 연근, 대추, 산마, 하수오, 오미자는 찌고 말려 가루로 한다.

○ 대추씨는 제거한다.

○ 분말을 아주 곱게 낸다.

효과

○ 당뇨인의 영양 보충식으로 아주 좋다.

○ 당뇨인의 밥 대신 주식으로 삼아도 된다.

○ 여행시 휴대하여 복용하기에 용이하다.

○ 혈당 조절에 효과가 있다.

○ 체력 유지에 효과가 있다.

○ 공복감을 느끼지 않게 한다.

3) 영양 간편식 II

영양 간편식 I 에서는 각종 재료에 열을 가한 후 분말로 만들어 당뇨인의 영양식으로 하는 방법을 설명했다. 여기서는 가열하지 않고 날 것을 그대로 분말로 하여 당뇨인의 영양식으로 하는 방법을 소개하고자 한다.

만드는 방법과 효능

○ 영양 간편식 I 에 나오는 재료 그대로 사용한다.

○ 각각 잘 씻어 햇볕에서 잘 건조한다.

○ 분말로 하여 밥 대신 적당량을 먹는다.

○ 야채(열을 가하지 않은)와 먹으면 생식이 된다.

○ 콩의 비릿한 냄새(시간이 경과하면 없어짐)와 소화 작용이 약간 떨

어지는 것을 제외하면 아주 훌륭한 영양식이다.

- 공복감을 느끼지 않는다.

- 혈당 조절 작용의 효과가 있다.

- 식후 2시간이 지나도 혈당이 오르지 않는다.

- 기초 체력 향상에 큰 도움이 된다.

- 체질 개선에 효과가 있다.

- 다이어트에 큰 효과가 있다.

- 피로감이 줄어든다.

- 몸이 가벼워진다.

○ 내 어머님께선 2년 전에 96세를 일기로 별세하셨다. 평생을 아주 건강하게 사셨다. 별세하시기 전 약 7개월 전까진 건강하셨다. 오일장에도 걸어서 다녀오시곤 하셨다. 왜 내가 건강 책을 쓰면서 내 어머님 이야기를 하는가 하면 마침 영양식편을 쓰다 문득 생전 어머님의 모습이 떠올라서다. 누구든 정신 건강과, 육체 건강에 내 어머님의 건강한 삶의 모습에서 많은 도움이 되리라 생각하면서 이어 가고자 한다.

○ 나의 어머님께선

① 당신 건강을 챙기시는 일정은 철저히 지키셨다.

② 당신의 뜻을 향한 열정은 언제나 청춘이셨다.

③ 음식은 어떤 것이건 가리질 않으셨다. 그리고 대단한 대식가셨다.

④ 탐식과 탐욕을 내지 않으셨다.

⑤ 부지런하셨다.

○ 해설

① 오래 전 아내와 인도 여행 중에 일행 가운데 나보다 2살 연상의 부부와 가까워졌다. 서울에서 사업을 하는 남편과 서울의 큰 교회의 권사님이신 아내였다. 여행을 마치고 일상 중 교회 권사인 아내분이 우리 집에 놀러왔다. 다음날 권사분이 하시는 말씀이 어머님이 대단한 분이시라고 하셨다. 옆방에서 자는 데 새벽 4시에 일어나서 자기 방에서 운동을 2시간이나 하시더라는 것이다. 나의 어머님께선 천지개벽이 나도 당신 운동은 하셔야 했다. 이 책의 누워서 하는 운동은 나의 어머님께 배운 것이다.

② 지금 초등학교 4학년인 내 첫 외손자가 태어나자 어머님께서는 완이 장가갈 때까지 살아야겠다고 하셨다. 삶 중에서 당신의 희망이 옳은 것이면 그 희망에 대한 열정은 언제나 활활 타는 청춘이셨다. 이 부분에서 나는 어머님을 닮았다.

③ 평생 음식을 탓하시거나 가리시지 않으셨다. 어떤 음식이라도 감사하며 드셨다.

④ 나의 아버님께선 내가 초등학교 6학년 봄에 별세하셨다. 오랜 세월 홀로 사셔서인지 탐식과 탐욕을 내지 않으셨다. 언제나 부처님께 대한 기도로 마음을 채우고 사셨다.

⑤ 나의 어머님께선 아주 부지런하셨다. 그렇다고 동적인 분이라는 것이 아니라 정적인 분에 더 가까웠다. 이러한 점들이 여러분의 건강을 유지하는 데 도움이 되었으면 한다.

26. 채소를 먹어라 – 다양한 채소를 많이 먹어라–

○ 채소를 다양하게 많이 먹어라

우리는 생각보다 채소를 적게 먹고 산다. 채소류에 들어 있는 각종 영양소는 놀랄 만큼 인체에 유익하며, 채소를 골고루 많이 먹지 않으면
- 각종 질병에 노출되고
- 신체가 산성화되어
- 면역력과 자생력 저하로 인하여
- 성인병 등 각종 질병의 놀이터가 되고 만다.
- 결국엔 수명이 짧아지게 된다.
- 가능하면 채소는 날 것으로 먹어라.
- 열을 가하면 영양소와 채소 자체의 강한 자생력이 소실될 수 있다.
- 당뇨환자는 채소를 데쳐서 먹는 것을 권한다.
- 요산 발생이 많아 통풍을 일으킬 수 있다.
- 간식으로도 채소를 먹는 습관을 길러라.
- 혈당이 순간 올라갔다가도 곧 본인의 평소 혈당 수치로 돌아온다.

○ 당뇨 환자에 좋은 채소 : 양배추, 케일, 두릅, 깻잎, 연근, 호박, 마, 당근, 치커리, 셀러리, 양파, 파, 마늘 등 청 · 황 · 백의 삼색 채소류

27. 해초류를 많이 먹어라

미역이나 다시마에는 건강에 좋은 프코이진, 라데나린, 알긴산 등이
풍부해 특히 당뇨에 좋은 식품이다. 콜레스테롤 수치를 줄이는 작용이
있어 동맥경화 같은 성인병에 좋다. 각종 비타민과 미네랄이 풍부하며,
야맹증 예방과 암을 예방하는 효과도 있다. 해초류의 이로움은 굉장하
여 많이 먹어도 아무 문제가 없다. 간식으로도 해초류를 먹어라.

〈해초류의 효능〉
    ○ 콜레스테롤을 줄이는 작용
    ○ 동맥경화 등 성인병 예방
    ○ 각종 비타민과 미네랄이 풍부하여 야맹증 및 암 예방
    ○ 혈당 조절
    ○ 체력 증진
    ○ 골격 형성
    ○ 신체의 성장 및 발달, 유지
    ○ 혈액을 맑게 하고 피부미용, 치아에 도움
    ○ 노화예방 및 회춘
    ○ 체력 유지
    ○ 조혈 작용
    ○ 변비, 비만
    ○ 골다공증
    ○ 시력 보호
    ○ 독소의 배출

등에 도움이 되며 특히, 당뇨환자는 미역이 좋다.

○ 당뇨 환자에 좋은 해초류 및 해산물
   – 해초류 : 미역, 파래, 다시마, 톳 등
   – 해산물 : 해삼, 전복, 등푸른 생선, 명태, 숭어, 대구, 아구 등

28. 견과류를 먹어라

견과류 역시 우리 몸에 필요한 각종 영양소를 다량 포함하고 있으며 각종 공해로 오염된 현대에 사는 우리는 견과류를 많이 섭취해야 건강을 회복 및 유지하여 건강한 생활을 누릴 수 있다.

견과류는

○ 콜레스테롤
○ 고혈압 및 동맥경화
○ 빈혈, 신체 에너지 충전
○ 환자의 회복
○ 폐 질환
○ 노화 방지 및 회춘
○ 암 예방 및 치료
○ 노폐물 제거 및 피를 맑게 함
○ 심장 및 혈관질환의 예방 및 치료
○ 건강 증진
○ 피로 회복, 피부 미용, 감기예방
○ 천식, 진해, 거담

당뇨 환자 중 콩팥 기능이 약하거나 걱정되는 사람, 콩팥 질환자, 고혈압에는 히비스커스가 좋다. 본인은 브라질 너트, 사차인치, 아몬드, 히비스커스를 먹는다.

29. 육류(및 생선)를 먹어라

　나이가 들어감에 따라 신체 각 부위의 근육이 줄어들면서 그 자리에 지방이 채워진다. 대다수의 사람들이 잘못 알고 있기를 자기의 체중은 옛날부터 지금까지 그대로 유지되고 있어 아주 건강하다는 것이다. 체중에는 큰 변화가 없지만 건강은 나빠지고 있다는 것을 알아야 한다.

　육류는 신체 근육을 조성하는 데 꼭 필요한 동물성 단백질을 공급하기 때문이다. 식물성 단백질은 근육의 형성에 별 효과가 없다. 왜 근육을 유지 또는 키워야 하는가 하면, 몸을 지탱하게 하여 신체 균형을 유지하게 하며 전신 혈액의 흐름을 원활하게 하여 몸속 구석구석까지 영양과 산소를 공급하기 때문이다.

　육류는 지방이 적은 부위를 먹도록 하며, 가능하면 삶아서 수육을 먹는 것이 좋다. 한편 몸속 중금속 및 미세 먼지, 독소의 배출에는 돼지고기가 소고기보다 그 능력이 탁월하다.

　○ 당뇨 환자에 좋은 육류 및 민물고기
　　- 육류 : 닭고기, 토끼고기 등, 특히 동물의 쓸개나 간, 지방이 적은 부위의 육고기
　　※ 산야초편에서 분말을 환으로 만들 때 동물의 간, 쓸개를 넣어서 만드는 것은 이런 이유에서이다.
　　- 민물고기 : 붕어, 미꾸라지, 장어 등, 특히 생선의 간이나 쓸개를 함께 조리하여 먹으면 좋다.

버섯류 – 버섯을 많이 먹어라

버섯은 건강 식품으로 혈행을 좋게 하고 피를 맑게 한다. 기(氣)를 좋게 하고, 정(精)을 돕는다. 콜레스테롤과 혈압을 내리는 효과도 있다. 버섯은 중국 및 우리의 고서에서도 많이 다룰 만큼 좋은 식품이다. 그중에서도 건강에 두루 유익하며 손쉽게 구할 수 있는 것이 표고버섯이다.

○ 당뇨 환자에 좋은 버섯
- 영지버섯, 상황버섯, 표고버섯, 신령버섯(아가리쿠스, 이 버섯은 남미가 원산지로 약효가 신령스럽다는 뜻이다. 얼마 전부터 중국과 우리나라에서 많이 재배하기 시작하였다.)
- 분말 또는 환으로 하여 영양간편식과 병행해 쓰거나 일상의 건강식으로 먹으면 좋다.

현미 및 야채 효소

효소는 아미노산이 일만 개 이상 연결돼 있는 단백질이다. 우리 몸속에는 많은 종류의 효소가 활동하고 있는 데 특히 건강에 유익한 작용을 하는 효소를 섭취하는 것이 현명할 것이다. 효소는 혈당상승의 억제, 고혈압, 동맥경화에 좋으며, 기초 체력을 강하게 한다. 또한 노화 방지와 강정에 효과가 있으며, 시중에 많은 상품이 나와 있으니, 좋은 제품을 선택하면 된다.

꿀을 가까이 두고 먹어라

우리나라 양봉의 역사는 인도에서부터 중국을 거쳐 고구려로 들어온 것으로 알려져 있다. 꿀은 인간에게 친숙하고 가까운 식품이며, 꿀이 몸에 좋다는 것은 익히 알려진 사실이다. 꿀병 하나쯤 식탁에 두고 한 숟갈씩 매일 먹으면 건강을 지키는 데 큰 역할을 할 것이다. 또한 가능하면 표고버섯 물에 타서 먹으면 건강에 훨씬 좋을 것이다. 벌꿀은 빈혈개선, 성인병 예방, 면역력 강화, 자양 강장, 위장, 치아, 피부 미용, 콜라겐 생성 촉진, 기관지 질환 및 감기, 피로 회복 및 숙취 해소, 항균, 해독, 조혈 효과, 다이어트, 보습, 체력 증진, 건강 유지에 좋으며, 미네랄과 비타민이 다량 함유된 강장제이다.

시중에 다양한 종류의 꿀이 유통되고 있는 흐름은 우리의 건강을 위해 좋은 것으로 보인다. 다만 좋은 꿀을 선택하여 먹기를 권한다. 좋은 꿀이란, 밀원이 아주 풍부한 지역, 공기 청정지역에서 생산자의 성실함과 정직함이 함께하여 생산된 꿀이다.

화분을 먹어라

무려 9천년 전, 현재의 스페인 지역 사람들이 처음 화분을 섭취하고 면역력과 체력 증진 등에 도움이 된다는 것을 알았다. 화분의 주요 성분은 비타민A, B1, B2, B6 등과 각종 미네랄, 아미노산 22종, 칼륨, 단백질 등이 함유되어 있다. 영양 공급, 건강 증진, 체력 유지, 체질 개선, 세포 기능 활성화 등의 기능이 있으며, 산화된 세포에 활력을 주며, 장기복용에도 부작용이 없어 당뇨 환자에 유익하다. 면역력 강화에 도움을 주어 각종 질병으로부터의 예방과 치료 및 관리에 큰 역할을 하므로 지속적으로 복용하는 것이 좋다.

로얄젤리를 먹어라

여왕벌의 생존주기를 높이는 주요 영양소로 로얄젤리가 공급되는데 일벌의 경우 생존주기가 약 45일, 여왕벌은 5년이나 된다. 다양한 비타민을 함유하고 있어 건강에 매우 유익하다. 콜라겐 생성, 갱년기 증상 완화, 소염 작용, 면역력 증가, 혈압 조절, 혈당 조절, 항암 및 각종 부작용 치료에 좋은 식품이다.

특급비법 – 각종 감기, 기관지염 등의 예방 치료에 대한 민간요법

자료들을 정리하고 원고를 쓰다 보니 벌써 11월이다. 결혼기념일까지 모든 작업을 끝내려 한 계획에 큰 차질이 없을 것 같아 잠시 쉴 겸해서, 또한 건강에 대한 글이고 하니, 때맞추어 찬바람이 불고 겨울이 시작될 즈음이고 하여 감기에 대처할 수 있는 특급비법을 알려드리고자 한다.

○ 증상 – 기침감기, 코감기, 목감기, 두통감기, 가래감기, 몸살감기, 열감기 등 이상은 본인이 명명한 감기의 이름들이다.

– 기관지 질환에는
재료

- ① 도라지, 울금, 다시마 = 환
- ② 도라지, 울금, 다시마, 연잎, 연근 = 환으로 한다. 각 재료의 양은 동일하게 하며, 다시마는 1/2로 한다. 또한 모든 재료는 아주 부드러운 분말로 한다. ①과 ②는 자기 기호에 맞는 것으로 하여 복용한다. 분말로 하여 복용 가능하며, 복용과 휴대의 편리에서는 환이 좋다. 먹는 양은 본인의 건강 상태와 연령에 따라 복용하되, 성인 기준 1회 50환 정도를 적정량으로 한다. 누구든 이를 통해 자잘한 감기들로부터 자유로워지자.

30. 정기를 낭비하지 마라

　나는 한의학에서 이야기하는 정기에 더하여 내 나름의 뜻을 추가하여 이야기 하고자 한다. 정기는 생명체에 흐르고 있는 전류, 즉 신체의 배터리 역할을 한다고 알면 된다. 이 전류의 상태가 온전하지 못하거나 약하거나 이상이 생기면 기본 체력과 자생력에 문제가 생긴다. 그렇게 되면 면역력이 떨어지고, 체력이 약해지고, 지구력이 떨어져서 각종 질병에 쉬이 노출된다. 전류가 바닥나면, 즉 배터리가 바닥나 충전이 소용없게 되어 사용한계에 다다르면 사망하게 된다는 것이다. 보편적으로 어린아이 때는 약 7~8볼트의 전류가, 나이가 들어감에 따라 그리고 관리를 어떻게 하느냐에 따라 배터리의 수명과 인체 건강의 지수가 개인적으로 차이 나게 된다. 평균적으로 노인이 되면 2~3볼트의 전류가 흐른다. 노인들이 어린 손자를 돌보는 동안에 손자로부터 충전이 되는 것이다. 옛날 세도가들이 젊은 여인을 후실로 둔 것도 이런 이유가 있기 때문일지도 모른다. 다만 그들이 건강하게 장수했다는 말은 전해지지 않는다. 방정만이 최고인 줄 알고 흡정은 몰랐기 때문이다. 즉 자생력의 에너지인 정기를 함부로 낭비하지 마라,. 정기를 많이 낭비하면 자생력이 떨어지고 면역력과 에너지가 약하여 각종 질병에 시달리다 제명을 다하지 못하게 된다. 본래 인간의 배터리 수명은 120~150년까지 쓸 수 있는 용량인데 어떻게 관리하느냐에 따라 사용연한이 단축되는 것이다. 정신적, 육체적으로 건강하게 장수하려면

　○ 정기를 과하게 낭비하지 마라.

○ 여색을 밝히지 마라.

○ 마음의 안정을 유지하도록 애써라.

○ 분노를 진심으로 내지 마라.

○ 적당한 운동의 지속으로 정기의 흐름이 양호하도록 하라.

○ 정기 낭비가 많으면 나이가 들수록 체력이 떨어지고 기의 흐름이
　원활치 못해 기가 뭉치거나 허한 곳에 질병이 깃들게 된다.

○ 배터리를 아끼고, 식초와 표고버섯을 먹어라

○ 배터리 충전에 최고의 재료이다.

31. 웃고 살아라

웃음은 건강과 행복한 삶을 위한 조물주가 만든 최고의 걸작품이다. 건강 의학에서도 웃음의 효능은 대단한 것이라고 하지 않는가. 소문만복래, 웃으면 복이 제발로 달려 온다는 것 아닌가. 웃자, 웃다 죽어도 웃자.

○ 죽다가도 웃으면 산다.
○ 웃기만 하여도
  – 면역 물질이 200배 상승하고
○ 수명을 연장하고
○ 혈압을 낮추고
○ 면역력을 증진하고
○ 폐활량을 증가시키고
○ 우울감을 해소하고
○ 다이어트와 소화를 돕는 등 건강에 미치는 영향이 대단하다. 의학적으로도 더 많은 이점이 있지만 여기서는 생략하기로 하고, 내가 체험한 바로는
  – 정신을 맑고, 밝게 하고
  – 몸의 각 기관과 세포가 활기를 얻게 되고
  – 즐거움이 마음에 가득하여
  – 무엇이든 할 수 있다는 용기가 생기고
  – 긍정적인 마음이 되어 배려하고, 사랑하는 마음이 일어난다.

- 삶이 신나고
- 웃는 얼굴에 침 못 뱉는다고
- 웃어라, 억지로라도 웃어라.
- 웃으면 마음이 편안해지고 즐거워져서
- 타인과의 관계에서도 상대를 편하게 대하니
- 그도 나에게 좋은 감정을 주니
- 그것이 복이 되는 것이다.
- 웃으면 정신과 육체가 모두 건강해져서
- 세상이 밝고 아름답게 보인다.

웃을 때 목이 마르면 식초물과 표고버섯물을 마셔라. 당뇨로부터 벗어나 자유를 만끽할 수 있을 것이다.

32. 노래를 불러라

잘 부르건 못 부르건 그것은 그리 중요치 않다. 어떤 노래건 자기가 좋아하는 노래를, 슬플 땐 슬픈 노래를, 즐거울 땐 즐거운 노래를 일상에서 그때그때 기분에 맞추어 입에서 나오는 대로 불러라. 그때그때의 감흥이 선율을 타고 내 몸에 자양분을 공급하게 된다. 그때그때의 자기 기분에 맞는 노래를 부르면 자생력이 리듬을 타고, 세포가 춤을 춘다. 또한 가사가 주는 의미는 가슴에 흘러들어 아름다운 추억, 아픈 추억, 슬픈 추억, 즐거운 추억 등 그때그때의 추억의 아름다움이 되살아나 삶의 에너지로 충전된다. 열 받은 것도 녹아 즐거워지고, 화를 낸 것도 반성하고, 마음이 가벼워진다. 노래를 부르면 언제나 청춘이오, 젊음이다. 언제나 청춘이고 싶으면 노래를 불러라. 일상에서 가장 효과적이고 효율적인 것은 운전할 때 노래를 부르는 것이다.

○ 운전할 때 다른 생각을 하지 말고 노래를 불러라
　- 출퇴근 운전 때도 가볍게 즐겨라.
　- 업무로 운전할 때도 즐겁게 즐겨라.
　- 영업으로 운전할 때도 즐겁게 즐겨라.
　- 가족과 여행갈 때도 즐겁게 즐겨라.
　- 명절에 고향 가는 마음으로 즐겨라.
○ 경상아, 오늘도 아름다운 날 하자
○ 이렇게 자신과 대화도 나누면서
　- 사랑하는 아내도 생각하고
　- 사랑하는 자식도 생각하고

- 사랑하는 연인도 생각하고
- 지금의 내 일을 고맙게 생각하고
- 즐겁게 노래를 불러라.

○ 그렇게 하면
- 첫째, 마음이 안정되고, 평화롭고, 여유로워져서
- 둘째, 기분이 맑고 밝아지고,
- 셋째, 잠자고 있던 새로운 힘이 솟아나
- 넷째, 어떤 일에서건 자신감이 충만하며
- 다섯째, 특히 안전운전을 할 수가 있다.

언제 어디서건 구분 없이 그냥 부르면 된다. 흥얼거려도 좋다. 콧노래도 좋다. 어느 누구건 생계를 위하는 일에 삶이 녹아 있지만 그것을 노래만큼 삶의 깊고, 높고, 넓고, 좁고를 가슴에 울리게 하는 것은 노래만이 할 수 있는 특별한 능력이다. 노래는 슬퍼서 눈물이 가슴으로 펑펑 쏟아질 때도, 펑펑 쏟으면서도 흥얼거리다 보면 슬픔도 미소로 승화되어 마음에 잔잔한 평화를 느낀다. 나는 노래를 자주 부른다. 운전할 때도, 길을 걸을 때도, 운동을 할 때도 마음으로 노래를 부를 때가 많다. 그렇다고 주책없이 아무데서나 시도 때도 없이 불러대지는 않는다. 약 300여 곡 정도는 아는 것 같은데 곡목과 가사를 함께 아는 노래는 몇 곡되지 않는다. 그래도 반주가 나오면 가사와 곡이 내 목을 넘는다. 어쩌다 해외 여행을 가면 그곳의 노래를 알면 한 곡씩 부른다. 아주 오래 전 아내와 유럽 여행을 갔을 때, 베네치아에서 아내와 곤돌라를 타고 수로를 지나는 데 카사노바가 건넜다는 아치형 다리를 약 50~60m쯤 앞두고 뱃머리에 서서 산타루치아를 목청껏 불렀다. 다리 위에는 각국의 여행객들이 발 디딜 틈 없이 꽉 차 있었다. 열렬한 환호에 나도 덩달아 신바람이 나 '돌아오라 쏘렌토로'를 불렀다. 우레와 같은 박수와 함성에 어디서 왔느냐고 물어 코리아를 두 손 번쩍 들고 답했다.

외국에서 어디서 왔느냐고 물으면 나는 시종일관 "코리아"다. 재차 남과 북을 물어도 나는 "코리아"다. 남과 북을 갈라 말하지 않는다. 내아내도 한곡 하기도 하고 무희가 춤을 출 때는 무대서 어울려 춤을 추기도 한다.

노래를 불러라. 노래마다 풍기는 가사가 나의 감성과 이성을 즐겁게 춤추게 한다.

○ 마음을 안정시키고 추억이 가사와 선율을 타고 뭉게구름 되어 아름답다.

○ 노래를 불러라

  – 부르는 선율에 따라 고향도, 일가친척도, 친구도, 첫사랑도, 아름다운 추억도, 마음 아픈 기억도, 생각나는 사람들도, 보고 싶은 사람들의 기억도, 그리고 지금은 어떻게들 살고 있을까? 등이 영상으로 내 영혼을 붉게 물든 아름다운 석양이 되게 한다.

  – 당뇨나 심혈관 질환자나 모든 질병과 마음의 질병들을 치유, 회복하는 데 노래보다 더 좋은 약은 없다.

  – 당뇨 환자여! 나처럼 먹고 싶은 대로 먹으면서 건강한 생활을 하려면

  – 식초를 먹고, 표고버섯을 먹고, 노래를 불러라.

33. 잠은 보약이다

우리 옛말에 "잠이 보약이다"라는 말이 있다. 동양과 서양의 의학에서도 잠의 중요성을 크게 다루고 있다. 숙면은 기의 흐름을 고르게 하고 신체기관의 피로와 긴장을 풀고 전신의 힘을 고르게 하여 하루 동안 활동으로 지친 몸에 휴식을 통하여 힘을 충전하고 자생력 증진과 생체리듬을 활발하게 한다. 생명의 1/3을 자야 하는 인간은 편안한 잠을 통해 내일을 이어 갈 수 있는 것이다.

34. 어떻게 잘까

　중국의 대문호 임어당의 저서 "생활의 발견"을 보면 잠에 대한 이야기가 나온다. 거기에 보면 제일 맛있는 잠 "와상"에 대한 이야기가 흥미롭다.

　－ 먼저 근육은 쉬고, 혈액 순환은 보다 원활하게 규칙적으로 되고, 호흡은 훨씬 침착하게 해서 시신경, 청신경, 혈행 신경은 모두가 상당히 잘 쉬어서 다소간의 완전한 육체적 평정을 얻게 된다. 그러므로 이념에 대해서나 정감에 대해서나 정신적 집중이 한층 명확한 것이 된다. 그리고 "와상"의 자세는 어떻게 하면 된다는 글을 쓰지 않기로 한다. 한번 읽어 보라는 뜻에서이다.

35. 정승처럼 자라 –알몸으로 자라–

정승 침소에 죽기를 작정하지 않고서야 들이닥칠 위인도 없고 하니 어떻게 하고 자건 무슨 상관이겠는가. 우리는 여기에 주목하여야 한다. 이 세상에서 가장 편안한 자세로 자라. 즉 알몸으로 자라. 옷, 양말, 넥타이, 벨트, 신발 등 하루 종일 온 몸을 조이고, 감고 있던 모든 것을 벗어 던져라. 태아가 어머니 뱃속에서 성장했듯, 우주의 기와 자연의 품으로 돌아가라

○ 알몸으로 자면
- 기와 혈과 정의 흐름을 맑고 곧게 한다.
- 생체리듬에 활력을 주어 생명의지의 자신감을 얻는다.
- 충분한 산소 공급으로 피부건강이 호전되고 폐 호흡에 도움을 준다.
- 그로 인한 근육 강화와 골격 유지에 도움이 된다.
- 부부간에는 접촉교감으로 인하여 신체의 안정과 새 기운의 응집에 활력이 되어 건강 유지에 도움이 된다.
- 피로 회복과 정력 유지에 훌륭한 묘약이다.

〈높은 베개를 멀리 하라〉

그놈이 초지(제사나 차례 때 쓰는 한지) 한 장만 베고 자라고 그렇게도 일렀거늘 말 안 듣고 지 고집대로 석 장씩이나 베고 자더니 끝내 이 모양이 되었구나! 죽은 동생의 상여를 따라가며 형이 애통해 하는 곡소

리였다. 옛말에 "고침단명"이라고

- ○ 고침은 단명하나니
- ○ 베개를 어깨 높이 이상 높게 하지 마라.
- ○ 목뼈가 심하게 휘어져 호흡이 어려워지고
- ○ 혈액의 흐름이 나빠 뇌에 산소공급이 원활치 못하고
- ○ 목 근육에 과도한 압박으로 인하여 건강에 나쁜 영향을 미친다.
- ○ 그리고 머리는 차게 하고 자라.
- ○ 두한족열이라는 말이 있다.
- ○ 머리는 차게 하고 발은 따뜻하게 하라는 말이다.
- ○ 머리에는
- ○ 이 몸을 지탱하고, 행동하고, 생각하고, 판단하고, 명령하고, 사물을 보고, 냄새를 맡고, 소리를 듣고, 숨을 쉬고, 먹고, 감정을 조절하는 등의
- ○ 여러 기관과 뇌가 말할 수 없이 많은 소중한 일을 처리하는
- ○ 시스템이 복잡하게 작동하므로
- ○ 내, 외부의 열로 하여 시스템이 많은 열을 받게 되면
- ○ 작동의 순환에 과부하가 걸려 기능에 해악이 된다.
- ○ 상기되어 머리에 열이 높게 되면
- ○ 신경 세포와 혈액 순환이 문제되어
- ○ 자칫 뇌 조직을 상하게 하여 큰 문제가 발생한다.
- ○ 발에는 몸을 지탱하는 역할 때문에
- ○ 아주 많은 뼈와 근육으로 이루어져 있다.
- ○ 때문에 신체 각 부위의 신경과 근육과 혈이 집중되어 있어 아주

중요한 신체부위다.

○ 정상체온을 유지하게 하여 발의 기능을 원활하게 해 주어야 한다.

○ 그렇지 않고 발이 차게 되면 기존의 기능을 원활하게 할 수 없다.

○ 차가운 냉기가 미세혈관과 근육과 신경조직에 영향을 미쳐

○ 혈액 순환을 원활하게 할 수 없어

○ 병을 얻게 된다.

○ 자고 나서는 꼭 기지개를 켜고 누워서 하는 운동을 하라.

○ 모든 생명체는 기지개를 통해 몸의 근육, 관절, 장기를 추슬러 잠으로 인해 휴식에 빠진 신체를 다음 동작을 위해 준비하게 하는 체조다.

○ 장기를 일깨워 기능을 촉진시키고

○ 면역력을 증강시켜

○ 자생력의 충전을 돕는다.

○ 언제나 강력한 충전으로 건강한 삶을 살게 된다.

　자고 나면 표고버섯 물을 두 컵 마셔라. 하루를 시작하는 신체에 에너지원인 표고버섯물을 공급하라.

36. 호흡을 깊게 하라

"삶과 죽음은 어디에 있습니까?"
"코 끝에 있느니라. 마신 숨(들숨) 내 뱉지 않고, 뱉은 숨(날숨) 들이
마시지 않는 데 있느니라."

스승과 제자의 즉문즉답이다.
호흡을 크게 둘로 나누면

○ 어깨가 올라가고 가슴이 부풀어 오르게 되는 흉식 호흡과
○ 배에 공기를 크게 넣었다 뱉는 복식 호흡이 있다. 이 두 가지를
   바탕으로 여러 호흡법이 개발되고 응용 발전되어 정신건강과 육체
   건강에 유익한 역할을 한다.
  - 내가 당뇨 환자 및 모든 사람에게 호흡에 관해 이야기 하는 것은
  - 날숨과 들숨, 그 사이에 생사가 있기에
  - 기와 혈과 정을 바르게 하고
  - 체내 산소 공급이 원활하여
  - 건강리듬이 활발해지고
  - 마음이 안정되고
  - 사고의 정리에 이성적이 되고
  - 행동의 자제에 효과적이고
  - 집중력 강화에 효과가 있고
  - 근육의 긴장을 풀어 신체기관의 활동을 강하게 하고
  - 자생력 증진에 도움이 되기 때문이다.

- 그리고 면역체계가 충전이 되어
- 각 기관, 즉 몸을 보호하는 힘이 생긴다. 여기서는 여타의 호흡법 등에 관한 이야기는 하지 않는다. 왜냐하면 나는 당뇨 환자와 심혈관 질환자, 일반인 모두가 누구의 지도 없이도 할 수 있는, 또 숙달될 수 있는 숨쉬기를 그들의 건강한 호흡을 위해 하고자 하기 때문이다.
○ 일상에서 생각나면 그때마다
 - 배꼽을 중심으로 개구리처럼 배에 공기를 꽉 채워 넣어 정지되는 순간
 - 2초 멈췄다 한 번에 다 토하듯 숨을 뱉으면서 뱃가죽이 등에 붙도록 힘차게 뱉도록 하라.
 - 날숨과 들숨을 최대한 공기를 마셨다 뱉었다를 반복하라.
 - 횡격막이 운동이 되어 폐를 건강하게 한다.
 - 평소에는 코로 숨을 천천히 쉬면서 공기가 아랫배에 모이게 하고 꽉 차면 코로 천천히 내쉬면 좋다.
 - 정확한 단전호흡은 아니지만 막 숨을 쉬는 것보단 훨씬 건강에 좋다.
○ 정(靜)하고
 - 마음의 흔들림 없이 평온한 마음으로 고요하게, 즉 무게 중심이 아랫배에 있게 하고
○ 강(强)하고
 - 기와 힘이 부드러우면서 꺾이지 않고 평온의 강한 힘이 온 몸과 아랫배에 충만하게 하고
○ 깊(深)고

– 수면처럼 조그만 바람에도 일렁이지 않는 깊은 바다 속 같이 흔들림 없이 우주의 기를 마시는 생각으로 호흡하여 단전에 차게 하고

○ 길(長)고

 – 강물이 흐르듯 고요하게 호흡이 이어지면서 기의 흐름이 끊어지지 않고

○ 불급(不急)하라

 – 말 그대로 급하게 숨을 쉬지 마라. 숨을 급하게 쉬면 헐떡이게 되어 기가 가슴 위로 올라와

 – 마음의 평온이 중심을 잃기 쉽다.

 – 상기는 기와 혈과 정의 흐름을 원만하지 못하게 하여

 – 이성적으로 되지 않는다. 급은 화다.

이상과 같이 호흡하면

○ 마음이 평온하고 밝고 맑아지고

○ 화가 일어나지 않거나

○ 줄어들거나 없어지고

○ 기와 혈과 정의 흐름이 강하고 바르게 흐르고

○ 근육은 강해지고 신체기관은 정상적으로 작용하고

○ 마음의 집중력이 강해지고

○ 이성적인 사고와 행동의 감각이 발달하고

○ 긍정적인 사고의 발달로 이어져 사려 깊은 생각과 판단을 하게 되고

○ 마음과 몸이 단정해지고

○ 자생력 증진에 큰 효과가 있어

○ 건강에 큰 도움이 된다.

37. 눈 건강법

눈이 건강하다는 것은 정말 다행한 일이고 축복이다. 특히 당뇨인에게 있어 눈은 합병증에 제일 가까이 다가서 있기 때문이다. 백내장, 녹내장 등 각종 안질환으로 인해 시력이 감퇴하거나 실명할 수도 있는 위험을 언제나 내포하고 있기 때문에 눈 관리에 각별한 노력이 있어야 한다. 사람은 대체로 나이가 들면 노안이 오게 마련이고, 연령에 상관 없이 나쁜 생활 습관이나, 자세, 시력에 악영향을 미치는 환경, 영양 상태 등의 원인으로 인해 눈의 기능이 저하되기도 한다. 특히 당뇨인에 있어 눈 관리는 매우 중요하다. 여기서 나는 당뇨인 스스로가 할 수 있는 지압과 눈 운동에 관해 이야기하고자 한다. 나는 내 스스로 지압과 눈 운동을 해왔으며, 지금도 계속하고 있다. 나는 시력이 나이에 비해 아주 좋은 편이다. 안경을 쓰지 않고 사전도 본다. 나는 평소에도 짬이 나면 눈 운동을 한다. 장소가 어디건 개의치 않는다. 중국 사람들을 보면 안경 쓴 사람을 찾아보기 어렵다. 중국에서는 수업시간이 끝날 때쯤 교사의 지시에 따라 눈 운동을 하기 때문이다. 우리와는 너무나 다른 교육 문화인 것이다. 나는 약병에 적힌 아주 작은 글씨도 수월하게 읽는다.

나의 건강한 시력의 비결은

- ○ 눈 운동을 하는 것
- ○ 눈 주위의 근육을 지압하는 것
- ○ 식초와 표고버섯을 먹는 것이다.

식초를 먹으면 시력이 회복된다.

〈눈 운동법〉

○ 눈의 초점을 정면이 되게 하고

○ 좌에서 우, 우에서 좌 끝까지 좌우 운동을 한다.

○ 상, 하로 올렸다 내렸다를 반복한다. 이때 최대한으로 올리고 내
린다.

○ 이상의 운동을 이해하기 쉽게 표현하면 동, 서, 남, 북 운동이다.

○ 다음은 오른쪽 눈 대각선 꼭지점 북동 방향 끝까지 치켜 올렸다
가 왼쪽 눈 대각선 꼭지점 남서 방향 끝까지 내려다보는 동작을 연
속한다.

○ 다음은 반대 방향으로 연속한다.

○ 다음은 눈의 초점을 시계 방향으로 돌렸다 반대 방향으로 돌렸다
를 반복한다. 이때 눈을 원을 그리듯 돌리되 원의 가장자리를 눈동
자가 깊게 보는 상태로 하고 반대로도 한다.

○ 눈의 초점을 정면 약 10~15cm 거리에 만나게 한다. 즉 사팔뜨기
처럼 하라. 5~10초 한 다음 풀고 다시 같은 동작을 한다.

○ 이상의 눈 운동을 언제 어디서든 생각날 때마다 하라.

○ 나는 앞서도 언급했듯이 시력이 좋다.

○ 20년 기록을 정리하고, 작성하고, 원고를 쓰고 수정하고 집약하
여 여러 차례 수정을 반복하면서 눈을 혹사시키고 있다. 그간 현
재까지

○ 눈이 침침해 지거나, 글씨가 흔들리거나, 피로가 쌓여 충혈되거나

○ 그 어떠한 상황도 없이 글을 쓰고 있다.

○ 식초를 먹어라

○ 시력이 회복된다.

○ 이렇게 엄청난 사실에 당신의 시력을 동승하게 하라. 식초와 표고
  버섯 물의 세계로.

〈눈 지압〉

○ 미간에서부터 눈썹꼬리까지 3번, 4번 손가락을 모아 양손 끝 중
  앙에 눈썹을 끼고 좌우로 짧게 지압하면서 눈썹꼬리까지 간다. 반
  복한다.

이상의 눈 운동과 눈 지압만으로도 눈 건강과 시력을 지킬 수 있다.

○ 눈의 혈행을 좋게 하고 긴장된 눈근육과 시신경의 피로를 풀어 눈
  의 기능을 회복하는데 큰 도움이 된다.

○ 시력 회복, 노안 예방 및 개선에 효과가 있다.

○ 약해져 가는 시력회복에 큰 도움이 된다.

○ 당뇨 환자는 합병증의 예방과 개선에 효과가 있다.

○ 시력 보호와 노안의 회복을 원한다면

○ 식초를 먹고 눈 운동을 하라.

38. 발 건강법

발은 축소한 우리 인체라 하지 않는가. 발에는 각 신체기관에 해당하는 혈과 기가 있으며 신체를 받쳐주는 신비의 힘이 작용한다. 발을 건강하게 유지관리 하는 것은 건강의 유지관리에 큰 도움이 된다. 특히 당뇨인에 있어 발의 건강은 매우 중요하다. 합병증의 유발이 가장 걱정되는 곳 중 한 곳이기 때문이다. 혈당조절은 내팽개치고 발 관리만 하라는 것이 아니다. 혈당 관리가 반드시 선행되면서 발 관리를 하면 합병증의 공포에서 해방될 수 있다는 것이다. 발 지압의 방법을 익혀 합병증의 두려움에서 벗어나고 건강에도 큰 효과를 보길 바란다.

〈지압과 발 운동 방법〉

○ 발에는 많은 혈자리가 있다. 그중에 용천이라는 발바닥 중앙에서 발가락 쪽으로 조금 올라가 움품 들어간 곳, 그곳이 용천혈이다.

○ 이 용천혈을 깊고 강하고 길게 눌러라.

○ 주먹을 가볍게 쥐고 발바닥을 두드려라.

○ 다섯 발가락을 손으로 감싸 쥐었다 폈다를 반복하면서 발을 앞뒤로 젖혔다 폈다를 동시에 반복하라.

○ 한쪽 발을 다른 쪽 발 무릎과 허벅지 중간쯤에 발목이 걸치게 올려놓고 손으로 발가락을 감싸 쥐고 발을 돌리면서 발가락을 쥐었다 폈다 반복하면서 발을 이리저리 돌려라.

○ 이때 발뒤꿈치에서 위로 복숭아뼈 있는 곳까지 강하게 쥐었다 풀었다 하면서 지압하라. 정력에 좋다.

○ 다섯 발가락을 서로 마찰이 되도록 발가락 힘만으로 비벼라(이 동작은 신발을 신고도 할 수 있다).

○ 발바닥을 손바닥으로 열이 나도록 비벼라.

○ 까치발을 하여 올렸다 폈다를 하라. 이 운동은 당뇨 환자 뿐 아니라 일반인들에게도 유익한 운동이다. 하체 근육 발달에도 도움이 된다.

○ 발을 따뜻하게 하라

○ 세수는 하지 않아도 발은 씻어라.

○ 많이 걸어라 – 이상의 발 운동은 기회만 나면 언제나 하라. 당신의 두 발이 수톤의 무게 압력을 지탱한다는 사실을 중요하게 알아야 한다. 발의 건강이 당신의 건강이다.

39. 기타 건강법

단전 두드리기 건강법

단전에 대해서는 잘 알려져 있으므로 당뇨인들에게 필요한 부분만 기술하겠다.

자세는 앉건 서건 상관이 없으며,

○ 뱃가죽이 아프고 괴롭지만 얼마간 하다보면 시원한 느낌과 함께 열감이 올 것이다.
○ 단전에는 기해와 관원이라는 혈이 있는데, 침과 뜸 시술에서 빠지지 않는 혈이다.
○ 단전 두드리기를 생활화 하라.
○ 본인 스스로 만족할 웃음이 나올 것이다.

– 단전 두드리기 방법

○ 두 손을 가볍게 쥐고 약하게 두드리기 시작하여 점점 강도를 높인다.
○ 두 다리를 어깨 넓이로 벌려서서 단전을 두드리는 방법도 있다.
○ 강도는 체질에 맞게 조절하라,
○ 많이 두드려라,
○ 언제든지 상황이 되면 두드려라.

○ 운동 요법을 시행할 때 병행하면 효과가 상승한다.

– 효과

○ 기와 혈의 흐름에 도움이 된다.

○ 당뇨 환자 및 일반인들 모두에 좋다.

○ 변비, 만성설사 등의 예방과 치유에 도움이 된다.

○ 소화 불량 개선에 효과적이다.

○ 아랫배의 뱃살을 줄이는 효과가 있다.

○ 체력 증진, 정력 회복, 자생력 강화, 면역력 증진에 효과가 있다.

항문 수축 운동

입으로 음식을 섭취하는 것은 신체를 건강하게 유지하여 생명을 지키는 일을 한다. 우주의 기와 정을 받아들여 생명을 유지하는 것이 항문이 강하지 못하여 체내의 원기가 빠져 나가면 건강 악화의 원인이 되기도 한다. 항문을 강화하는 것이 건강의 유지와도 직결되는 것이다.

– 운동법

○ 기상 후 또는 취침 전 항문을 힘껏 오무렸다 풀었다를 반복하며, 풀 때는 순간적으로 힘을 빼라.

○ 자세는 앉건, 서건, 걸어가는 중이건 상관이 없다.

○ 운동 요법과 함께 해도 좋으며, 기회만 되면 언제 어디서고 하라.

○ 계단을 오르내리면 항문 강화에 효과적이며 정력 강화에 좋다.

○ 정력 회복으로 인한 자신감의 충만으로 당뇨인의 정신 건강에 도

움이 된다.

성기 강화 운동

청산은 높고 낮음에 있지 않고, 녹수는 깊고 얕음에 있지 않다. 부부 간에 있어 성 생활은 서로를 존귀하게 만들며, 진정한 애정이 바탕이 되어야 한다. 가득 차 있는 욕구를 쏟아버리는 작업이 아니며, 우주의 기와 정을 나누는 신성한 일이다. 두 사람이 하나의 명품을 만드는 장인이 되어야 한다. 신체의 리듬이 활발해지고, 기와 정과 혈의 흐름이 봄을 맞은 새싹처럼 생기를 찾고 말초신경까지 깨어나게 한다. 성생활은 건강에 이렇게 좋은 것이다. 당뇨인의 고심 중 하나가 정력감퇴인데 당뇨로 기능이 약해진 것이 원인이라 생각하는 것이 대부분이다.

○ 취침 전 또는 기상 직후 누워서 남자는 성기를 잡고, 날숨일 때 쥐고 잡아당겨 늘이고, 들숨일 때 푼다.

○ 남자는 항문 앞에 있는 뼈와 성기 뿌리를 지압하고, 여자는 질 주위의 뼈를 지압하라.

○ 음낭을 쥐고 아픔을 참을 수 있을 만큼 꾸욱 쥐었다 폈다를 반복하라.

○ 사타구니를 두드려라.

○ 남자는 성기를 두 손으로 맞대어 힘차게 비벼라.

○ 기회가 되면 항상 실행하라.

○ 단전 두드리기, 항문 수축하기, 성기 강화 운동을 꾸준히 하면 정력 강화에 큰 효과가 있다.

○ 식초와 표고버섯을 먹으면 정력이 강화되고 건강한 육체를 만들
  수 있다.

40. 나의 일상

　지금까지 당뇨인의 혈당 조절과 건강 관리에 대하여 내가 실시한 실험과 체험의 경험을 이야기했다. 이쯤에서 나의 일상생활과 건강관리에 대한 이야기가 여러분의 건강관리에 도움이 될까하여 기술하기로 한다.

　– 질환자건 건강한 사람이건 사람들이 궁금해 할 식초를 먹으면 정말로 건강해질까? – 식초를 먹으면 정말 먹고 싶은 대로 먹어도 될까하는 당뇨환자들...
　– 식초가 정말 심혈관 질환자들에게 도움이 될까?
　– 안경상이 말하는 약방엔 감초, 건강엔 식초가 맞을까?
　– 표고버섯이 정말 건강에 좋을까?
　– 표고버섯이 당뇨, 고혈압, 심혈관질환에 정말 좋을까?
　– 식초와 표고버섯이 정말 찰떡 궁합일까?

　등등 사람들에게 아내와 내가 생활하는 일상을 가감 없이 밝혀 드리고자 한다. 이는 모든 사람들에게 중증 당뇨 환자이자 심근경색 환자인, 건강 체험의 산증인인 안경상의 일상을 읽고 정신적 건강과 육체적 건강을 위한 실천의 용기를 내는 데 힘이 되길 바라는 마음에서이다. 또한 아름다운 삶에 도움이 되길 바라는 마음에서이다.

　나는 1946년 음력 9월 2일생, 개띠이다. 키는 173㎝(소싯적엔 174

㎝), 체중은 74㎏이다. 복부는 매끈하며, 당뇨와 심근경색 외의 질환은 없다. 우리 내외가 사는 집은 본디 절이었다. 2년간 비어있던 절을 아내와 셋째 딸이 해남에 와서 며칠간 지켜보다가 인연이 닿아 산 집이다. 젊었을 때 나이 들면 고향가서 쓰자며 아내가 지은 이름인 '심휴정'을 지금 사는 집에 이름붙였다. 네이버에 검색하면 우리집을 구경하실 수 있다. 별장 못지않게 아름다운 이 집에서 20년 실험의 기록을 정리하고 있다. 모든 이들의 건강을 위해.

1) 나는 평균적으로 아침 5시에서 30분을 전후해 눈을 뜬다.

2) 눈을 뜨면 누운 채로 "잘 잤습니다. 오늘도 아름다운 하루를 보내겠습니다."하고 아침 인사를 드린다.

3) 이 시점부터 나의 하루가 시작된다.

4) 나는 누운 채로 하루 시작의 준비 운동을 약 30분 정도 한다. 이때 건포마찰도 하고, 눈 운동도 하고, 전신 운동도 한다.

5) 일어나면 표고버섯 물 2컵을 마신다.

6) 부엌에서 밥을 확인하고 없으면 밥을 짓는다. 아내와 나는 한번에 3~5일치 밥을 하게 된다. 그냥 하다보면 그렇게 된다. 평생 고쳐지지 않는 병이다.

7) 어제 저녁 설거지 확인을 하고 안 되어 있으면 설거지를 한다. 주방 조수생활 40년에 설거지는 숙달되었다. 설거지는 내 담당이다. 다만 딸들 내외가 오면 사위가 담당하여 휴식을 가진다.

8) 표고버섯 물이 부족하면 오심재 약수로 표고버섯을 달인다.

9) 아침밥은 아침 7시 10분 정도다. 아침~저녁 준비를 아내와 같이 하기로 하였으나 혼자 다할 때도 있다. 준비라고는 냉장고에 있는 반

찬을 꺼내고 밥 담는 일 정도이다. 일의 비율로 보면 본인 85%, 아내 15% 정도이다.

10) 아침 9시경 수영장에 간다. 11시 20분경에 나와 아내를 기다렸다가 아내의 수영 가방을 들고 집에 오는 길에 하절기에는 팥빙수, 동절기에는 팥칼국수를 자주 먹는다.

11) 수영장 사람들과 외식을 하기도 하고 맛집을 찾아 해남 경계를 넘을 때도 있다.

12) 오후 12시~1시 사이에 집에 도착하여 책도 읽고, 글도 쓰고, 서각도 하고 노래도 부르며 둥이(진돗개, 등록명 진돌이)와 잔디 정원에서 축구도 한다. 아내가 대흥사 산책가자면 가서 몇 시간 놀다온다.

13) 저녁은 평균 7시경에 먹는다. 저녁밥은 100% 내가 알아서 챙겨 먹는다. 아내는 저녁은 안 먹는다면서도 가끔 수저만 들고 온다. 먹고 싶은 대로 해서 먹는다. 밥이 싫으면 라면, 만두, 국수, 냉면, 호박죽 등을 먹고 가끔 외식도 한다.

14) 저녁 식후에는 책을 보거나, 글을 쓰거나, TV를 보면서 각자 자기 방에서 독락을 한다.

15) 나는 TV드라마는 보지 않는다. 대작가의 작품은 예외이다. 뉴스, 다큐, 시사, 세계 여행, 동물의 세계, 사노라며, 주말 영화, 불교 방송 등을 본다. 아내와 나는 둘 다 TV 드라마와는 오래 전에 담을 쌓았다.

16) 나는 이 세상 음식은 못 먹는 게 없다. 다만 홍어는 근처에 가지도 못한다.

17) 나는 지금까지 나 먹고 싶은 대로 먹으면서 당뇨 환자의 수칙에서 자유롭게 살고 있다. 여러분들도 자유로울 수 있다.

18) 나는 지금까지 어떤 먹거리 앞에서도 당뇨 때문에 고민한 적이 없다.

19) 나는 어떤 먹거리 앞에서도 건강한 일반인이다. 나는 내가 당뇨 환자이자 심근경색 환자란 생각을 일상에서 하지 않는다.

20) 나는 식초 먹는 것을 내 건강 지킴이로 굳게 믿고 있다.

21) 나는 표고버섯 물 마시는 것을 내 건강 지킴이로 굳게 믿고 있다.

22) 나는 꾸준한 운동을 내 건강 지킴이로 굳게 믿고 있다. 운동에 목숨을 걸지는 않는다. 생활의 일부일 뿐이다.

23) 아내와 나는 광주에 있는 돼지갈비로 유명한 식당에 가끔 가서 배와 기분을 잔뜩 채우고 온다.

24) 아내와 나는 완도에 있는 장어탕 식당에 가끔 가서 마음까지 포식을 하고 온다.

25) 아내와 나는 옛날 잔치국수를 좋아해서 가끔 국수를 먹으러 간다. 외식 후 가끔은 카페에 들러 놀다온다. 그리고 가끔은 해남을 벗어날 때도 있다. 나는 옛날 다방식 커피를 좋아한다.

26) 외식을 좋아하고, 간식과 군것질도 좋아하며 단 것을 좋아한다. 해외 여행 때 아이스크림 상점이 보이면 나는 방앗간 참새가 된다. 아내와 손잡고 산책 때 호떡을 호호 불며 먹는 맛은 연애 시절 먹던 맛과 같다. 옆에서 핵폭탄이 터져도 폭죽소리 정도로 알고 잡은 손을 흔들며 그대로 즐길 것이다.

27) 나는 각종 과자류, 한과류, 케이크 류, 빵, 아이스크림, 아이스바, 팥빙수, 햄버거, 피자, 쵸콜렛, 커피 등 달지 않으면 입에 대지 않고, 떡, 국수, 라면, 사이다, 콜라, 과일음료 등을 즐긴다. 우리 집에는 큰 냉장고 3대가 있는데, 한 냉장고의 4/5는 내 몫이다.

28) 우리 집에 언제, 누가 와도 차(茶)에서부터 과자, 음료, 밥까지 부족한 것 없이 먹으며 놀다 갈 수 있다.

29) 나는 내 손으로 그 간식들을 사 본 적이 없다. 내 아이들이 올 때 가져오거나 택배로 보내준 것들이다. 또는 내가 갔을 때 한보따리 씩 싸 준다.

30) 나는 아내와 아이들이 옛적 건강한 남편, 아빠로 생각하는 것에 너무 감사한다. 나의 건강 관리는 가족에게 환자라는 생각을 할 수 없을 만큼 노력한다. 아마 어쩌면 그들에게 옛날 큰 산과 같은 아빠의 모습을 지키고 싶은 마음도 있었으리라.

31) 나는 하루 중 어느 때건 출출하면 라면, 만두, 국수 등을 만들어 먹는다.

32) 나는 당뇨와 심근경색 말고는 감기와 같은 잡병들은 거의 하지 않는다. 지금까지 내 몸을 스쳐간 질병들은 횡경막 비대증, 무릎 관절염, 통풍, 전립선암, 요로결석, 4번 척추골절, 대상포진 등이다.

33) 당뇨 환자들에게 의사가 하는 말 중 발 관리를 잘하라는 말이 있다. 내 몸의 흉터 중 99%는 해남 와서 생긴 것이다. 그것도 무릎 아래만 집중적으로. 농촌 생활을 잘 몰라 평소처럼 슬리퍼 신고 연밭에 가고, 정원 관리하고, 울타리 관리하다 베이고, 찔리고, 살갗이 떨어지고, 심지어 파상풍 주사까지 맞은 일도 있다. 파상풍 주사 맞은 일 말고는 병원에 가지 않고 절로 나았다. 나의 무릎 아래는 상처투성이다. 나는 발 건강에도 아무 관심이 없다. 식초와 표고버섯 때문이라 굳게 믿는다.

34) 나는 운전할 때 조수석에 과자가 꼭 있어야 한다. 여행에서건 평상시건 간식거리는 필수이다.

35) 나는 스피드 드라이브를 좋아한다. 길이 좋고 기분이 좋으면 그리 과속하지 않는 선에서 스피드를 즐기기도 한다. 내 아내도 마찬가지이다.

36) 담배는 하루 3갑씩 피우다 수술과 동시에 끊었다. 술은 모임이 있을 때 소주 1/2잔, 탁주 1/3잔 정도이며, 안 먹을 때가 많다.

37) 특별한 날에는 소주 1병에서 5병까지도 마신다. 평생 술 먹고 어떤 실수건 한 적이 없다. 결혼 전 아내에게 평소에는 술 마시지 않겠다고 한 약속이다.

38) 나는 지금까지 보약이다 뭐다 해서 한약재나 영양제 등을 먹어본 적이 없다. 어릴 때 말고는. 나는 그런 것에 흥미를 느끼지 않는다. 우리 집 서랍에는 비타민류, 오메가류, 영양제 등이 가득 차 있지만 아내와 나는 별 관심이 없다.

39) 아내와 나는 먹는 것에 둔하다. 있으면 먹고 없으면 안 먹는데 반찬 타령, 입맛 타령 등을 해 본적이 없다. 식성이 유별나게 좋아서도 아니다. 어떤 상태건 어떤 음식이건 고맙고 감사하다. 이 점도 천생연분이다.

40) 나와 아내는 어떤 사람이건 가리지 않고 대한다. 누구도 미워하지 않는다. 그러나 신의를 저버리는 일을 몇 번씩 겪고 나면 그가 누구든 이 이상 저 사람과 인연을 지속하면 안되겠다고 마음먹고 마음에 담지 않는다. 세상에는 좋은 인연을 맺을 사람이 넘쳐 나는데 말이다. 이 점도 아내와 나는 천생연분이다.

41) 나와 아내는 어떤 종교인이든 상관 없이 좋은 인연의 사람이면 잘 지낸다.

42) 나는 불교신자임을 분명히 한다. 그리고 좋은 인연의 특별한 사람

에게는 조금씩 기회가 있을 때 아주 조금씩 부처님 정법공부를 권한다. 공부를 하고 안하고는 자기 인연에 맡긴다. 가끔 어떤 특별한 인연은 정법 공부를 할 수 있게 최선을 다해 도와준다.

43) 나는 고향 강가에서 익힌 개구리헤엄이 주종목이다. 아내는 첫아이 6살 때부터 수영장을 다녀 수영을 잘한다. 아내와 나는 해외 여행을 갈 때 필수품이 식초와 수영복이다. 호텔 수영장 또는 바닷가에 숙소가 있으면 꼭 수영을 한다. 지금까지 5대양과 모두 수영으로 교감했다.

아내와 나는 볼링장에도 가끔 간다. 전국이 볼링 열풍일 때 아내는 볼링을 배워 평균 수준은 된다.

44) 나는 취미로 가끔 붓을 들기도 하고 서각을 하기도 하고, 틈틈이 글을 쓰기도 한다. 잘하지는 못해도 내 삶의 이야기들과 자연이 일러주는 탄생과 죽음, 만남과 헤어짐의 법칙도 나름 알게 된다.

45) 나는 아이들과 통화와 문자를 자주 한다. 초등학교 다니는 큰외손자와도 자주 한다. "딸, 언제나 좋은 날, 자넨 ○○엄마야, 사랑해", "손자 ○○아, 사랑해, 마음과 몸이 건강해야 해, 너 스스로를 위해서"

46) 나와 아내는 사람을 가리지 않지만 인품과 인격은 마음 속으로 담아 둔다. 이 점도 천생연분이다.

47) 나와 아내는 어떠한 일이건 목표가 서면 서둘거나 다잡거나 욕심을 내지 않는다. 평온하고 차분한 마음으로 목표를 향해 꾸준히 즐겁게 임한다. 목표를 향한 마음의 열정을 조용히 지키면서 최선을 다하는데 행복을 느낀다. 이 점도 천생연분이다. 예를 들면 내가 소원했던

○ 평생의 소원과

○ 부처님께 드린 약속과

○ 당뇨환자는 당뇨로부터 자유와 해방을

○ 모든 이들에게는 모든 질병으로부터 예방과 치료와 관리를 위한 식
   초와 표고버섯이 보석임을 증명하기 위해 시작한 실험의 20년 세
   월도 조급하게 마음 먹은 적이 없다.

48) 그리고 나 자신은 식초와 표고버섯이 보석임을 체험 1년째부터 터
   득했고 실천했다. 그때부터 나는 당뇨로부터 자유와 해방을 누렸
   다. 그러면 왜 긴 세월을 체험하고 실험을 지금까지 해왔느냐 하면,
   내가 할 수 있는 능력까지 식초와 표고버섯이 진짜 보석임을 증명
   하기 위해서였다.

49) 나와 아내는 낮고, 어둡고, 힘든 곳에 있는 사람들에게는 그들을
   돕고 싶고, 삶의 어려움을 이해하고자 하고, 사랑을 나누고 싶고,
   같은 입장에 서서 대한다. 하지만 계급, 권세, 권력, 금력 등을 앞
   세우는 사람을 대할 때는 그가 누구건 당당하다. 이 점도 천생연
   분이다.

50) 나와 아내는 세상에서 무서운 것이 하나도 없다.

51) 나와 아내는 여행을 좋아한다. 특히 해외여행을 즐긴다. 나는 여행
   중 성당이나 교회에 가게 되면 의자에 앉아 정성을 들여 하느님께
   기도한다. 간단하게, 아주 간단 명료하게 "하느님, 인연이 이제 닿
   았습니다. 하느님의 베푸심으로 저희 일행이 아무 탈 없이 즐거운
   여행이 되게 살펴 주시옵소서, 하느님 감사합니다." 교회나 성당의
   관람은 다음 순서이다. 때문에 몇십년 동안 해외여행을 다녀도 날
   씨가 나쁘거나 탈이 난 적이 없다. 차가 이동 중일 때 비가 와도 목

적지에 도착하면 깨끗하게 개었다.

52) 나와 아내는 인생 그 자체를 사랑하며 즐긴다. 눈에 보이는 모든 것을 사랑하려고 노력한다. 그리고 즐거워하며 좋아한다.

53) 나와 아내는 어디서건 남의 흉을 보거나 남의 말을 하지 않는다. 그러나 좋은 일, 축하할 일, 기뻐할 일은 예외이다.

54) 좋은 인연의 사람과는 인연에 고마워하고 생각이 날 때면 축복을 빌기도 한다.

55) 아내와 나는 수직 관계, 상하 관계가 아닌 수평관계, 평등 관계이며, 도반, 친구, 연인, 각자의 스승과 제자가 되어 삶을 향기롭게 즐기고 있다.

56) 내가 살면서 이해하기 어려운 몇 가지는
 - 남자들은 왜 비상금이 있어야 하는지
 - 남편들은 왜 아내가 존귀한 생명임을 자각하지 않는지
 - 남편들은 왜 한 가정에서 자기가 유일한 어른임을 자처하는지(한날 한시에 둘이 어른이 되었으면서)
 - 남편들은 아내와 함께 삶을 꾸려가면서도 동산이건 부동산이건 재산은 모두 자기 소유가 되어야 하는지
 - 남편들은 가정에서 하나부터 열까지 "갑"으로만 살려고 하는지 등이다.

57) 나는 아내를 존경하고, 신임하고, 사랑한다.

58) 나와 아내는 세상 모든 생명에 고마워하고, 감사하고, 따뜻한 마음을 나누기에 애쓰며 산다.

41. 마치면서

○ 식초를 먹어라

○ 표고버섯 물을 먹어라

○ 꾸준히 몸에 맞는 운동을 하라

○ 식초와 표고버섯은 말로는 다 표현할 수 없는 무궁한 효능이 있어

○ 전 국민의 건강한 삶을 위해 동참을 호소하는 것이다.

○ 내가 20년 세월에서 찾은 건강의 등불, 식초와 표고버섯을 그저 그런, 가까이 있는 일상의 식품쯤으로 알고 있는 것을

○ 안경상이 어느 날 식초와 표고버섯의 위대함에 대해 말하는 것도

○ 그저 그런 것이려니 생각하지 말고

○ 무엇이 나를 위하는 길인가를 깊이 성찰하여 보기 바란다.

○ 등하불명이니 가까이 있는 식초와 표고버섯으로,

○ 꿩 잡는 것이 매이니, 식초와 표고버섯이 당신의 건강에 매가 되어줄 것이다.

20년 세월 바쳐 두 번째 건강책 초고를 마치니 부처님께 드린 약속을 반쯤은 이행한 것 같고, 내 평생의 소원도 반쯤은 이룬 것 같다. 당뇨에 대해 더 궁금한 사람들, 건강에 대해 더 궁금한 사람들, 건강한 삶에 대해 더 궁금한 사람들을 위해 그곳이 어디건, 나의 건강 이야기를 듣기를 희망하는 곳이 있다면 그들을 위해 나머지 삶은 부처님께 드린 약속의 완성과 나의 평생 소원의 마무리를 위해 내 스스로 건강 전도사로 살고자 한다.

"나의 20년 시간은, 하루는 일년보다 긴 하루였고, 일년은 하루보다 짧은 일년이었다."

○ 이 한 권의 책이 여러분의 건강한 삶을 위한 보석이 되기를 진심으로 기도한다.

○ 20여 년 전 내가 죽음의 문턱을 넘나들 때 아내는 얼마나 가슴아픈 눈물을 흘렸을까!
○ 그리고 당뇨와 싸우며 20년을 실험한다고 이것 저것 구입해서 이래보고 저래보고 하는 내가 얼마나 걱정스럽고 안타까웠을까?
○ 혹시나 죽지는 않을까, 건강을 아예 잃어 불구가 되지는 않을까
○ 마음 고생도 심했을 텐데.
○ 그리고 실험의 완성과 건강책의 집필을 위해
○ 물설고 낯설은 해남까지 같이 와
○ 인생의 1/10을 한 마디 불평 없이
○ 언제나 긍정과 밝은 마음으로
○ 8년을 지켜준
○ 영원하고 소중한 나의 벗
○ 아내이자 친구이자 도반이자 스승인
○ 능인행 한현주 보살님께
○ 20년 세월의 보상과 감사함을 아낌 없이 담아
○ 이 책을 바칩니다.

– 해남 온 목적도 다 마쳤으니 내 나머지 생은 도반 능인행 한현주 보

살님의 뜻에 맞는 곳, 나머지 삶의 꽃을 피우고 싶은 곳에서 마음따라 그곳이 어디건 동행할 것을 약속하면서 롱펠로우의 "인생예찬"과 천상병의 "귀천"을 좋아하는, 또한 내가 더없이 좋아하는 시를 낭송으로 바칩니다.

"봄에는 꽃이 피어서 좋고,
가을에는 달이 밝아서 좋아라
여름에는 시원한 바람이 불어서 좋고
겨울에는 흰 눈이 내려서 좋아라.
아무런 것도 마음에 담아두지 않고
한가로이 지낸다면
인간사 호시절이라네."

2018년 11월 11일 결혼기념일에 초고를 마치면서,
20년 체험의 기록들을 한 장 한 장 불태워 날려버리며,
해남 연동 심휴정 내 수인당에서
안 경 상